AF750452

www.ingramcontent.com/pod-product-compliance
Lightning Source LLC
LaVergne TN
LVHW050821051026
849532LV00008B/3060

* 9 7 8 9 3 6 9 0 8 8 8 3 6 *

نئی دنیا

(بچوں کی کہانیاں)

غلام حیدر

Nayi Duniya *(Short Stories)*
by: Ghulam Haider
Edition: September '2025
Publisher :
Taemeer Publications LLC (Michigan, USA / Hyderabad, India)

ISBN 978-93-6908-883-6
9 789369 088836

کتاب	:	**نئی دنیا** (بچوں کی کہانیاں)
مصنف	:	**غلام حیدر**
صنف	:	ادب اطفال
ناشر	:	تعمیر پبلی کیشنز (حیدرآباد، انڈیا)
سالِ اشاعت	:	۲۰۲۵ء
صفحات	:	۵۴
سرورق ڈیزائن	:	تعمیر ویب ڈیزائن

فہرست

'سناؤں تمھیں بات اک رات کی'

تو صاحب، یہ قصہ ہے بارہ تیرہ سال کے دو لڑکوں کا اور ایک پینتیس چالیس برس کے ادھیڑ عمر کے آدمی کا جس کی عمر گھومنے پھرنے کے معاملے میں ہمیشہ ایک سی ہی رہی...... یعنی پندرہ سولہ سال سے آگے نہ بڑھی، اور اس واقعے کی جگہ ہے ممبئی (جسے پہلے بمبئی کہتے تھے)۔ ممبئی سے کوئی سو کلومیٹر دور ایک پہاڑ ہے جو لگ بھگ سپاٹ زمین پر ہرے بھرے کھیتوں اور چھوٹے چھوٹے گاؤں کے بیچ ایک بہت بڑے گھنے پیڑ کی طرح جیسے خود بخود اُگ آیا ہو، یا جیسے اس اکیلی بہت بڑی چٹان کو لاکھوں کروڑوں برس پہلے قدرت نے اوپر سے ٹپکا کر زمین میں گاڑ دیا ہو...... لگ بھگ دو ڈھائی ہزار فٹ اونچے اس پہاڑ کی ایک خاص بات یہ ہے کہ، دنیا کے اور پہاڑوں کی طرح، اس کے کسی طرف بھی اور پہاڑیوں کا کوئی خاص سلسلہ نہیں ہے۔ اسی وجہ سے اس کی سب سے اونچی ایک چوٹی سے سورج کی پہلی کرن نکلنے اور آخری کرن کے غائب ہونے کے دونوں خوب صورت منظر دیکھے جا سکتے ہیں...... چوڑے چوڑے پتوں والے سال کے پیڑوں کا گھنا جنگل، بیچ میں کہیں چھوٹی چھوٹی گھاٹیاں، وادیاں، ہری ہری مخملی گھاس سے ڈھکے چھوٹے بڑے ٹکڑے، کچھ چھوٹی چھوٹی جھیلیں، پیڑوں پر چہکتی پھدکتی رنگ برنگی چڑیاں اور بہت لمبی دم اور کالے کالے منہ والے لنگور، ایسا لگتا ہے کہ یہاں قدرت نے بہت سے خوب صورت منظر ایک چھوٹے سے حصے میں ایک ساتھ لا کر رکھ دیے ہیں۔

'ٹوائے ٹرین' (بہت چھوٹی ریل گاڑی) سے اتر کر ہم نے 'ہالی ڈے کیمپ' کے ایک کوارٹر میں سامان ڈالا اور فوراً ہم تینوں قدرت کی ان خوب صورتیوں کو دیکھنے نکل کھڑے

ہوئے۔

'ہالی ڈے کیمپ' سے نکل کر، پہاڑ کے بالکل آخری سرے پر ایک چھوٹے سے گاؤں تک پہنچنے کے دو طریقے ہیں۔ یا تو مڑی تڑی، بل کھاتی، کچی سڑک پر کوئی دو ڈھائی کلو میٹر چلنا پڑتا ہے یا پھر اسی 'ٹوائے ٹرین' کی پتلی سی ریل کی پٹری کے ساتھ ساتھ اوپر چڑھنا پڑتا ہے۔ ریل کی پٹری والا راستہ ظاہر ہے، کچھ لمبا ہے، مگر اس میں چھوٹے چھوٹے پہاڑی پل اور سرنگیں نظر آتی ہیں اور پھر اس 'ٹوائے ٹرین' کا آخری اسٹیشن ہے جو گاؤں کے چھوٹے سے بازار سے بالکل ملا ہوا ہے۔ بازار کو ہم جیسے گھومنے پھرنے والے سیاحوں کے لیے وہاں کی سیدھی سادی دستکاریوں اور کچھ چھوٹی موٹی رنگ برنگی چیزوں کی چھوٹی چھوٹی دکانوں، چائے خانوں اور کھانے کے ہوٹلوں سے سجایا گیا ہے۔ ممبئی جیسے شہر کی کندھے سے کندھا چھیلنے والی بھیڑ بھاڑ، شور شغف اور بھاگ دوڑ کے مقابلے میں یہاں کا سکون اور ٹھہراؤ وہاں پہنچ کر بڑی نعمت معلوم ہوتا ہے۔

دن بھر گھومنے کے بعد ہم نے کچھ دیر آرام کیا اور پھر طے کیا کہ رات کا کھانا ہم 'ہالی ڈے کیمپ' کی بجائے گاؤں کے کسی ہوٹل میں کھائیں گے۔ دن میں ہم نے ایک ہوٹل پسند بھی کر لیا تھا۔

''انکل...... کیسے چلیں گے...... ؟'' روسی نے پوچھا۔

''ارے ریل کی پٹری پٹری چلے جائیں گے۔ بڑا مزہ آئے گا۔'' میں نے کہا۔

''نہیں انکل...... پٹری کے پاس نہیں چلتے!'' بلو نے کہا، ''ممبئی میں ریل کی پٹری کے پاس چلنا سختی سے منع ہے۔''

''ارے بھائی، یہاں کوئی خطرہ نہیں ہے۔'' میں نے سمجھانے کی کوشش کی، ''یہاں تو بس ایک وہ چھوٹی سی گاڑی صبح کو آتی ہے...... جس سے ہم آئے تھے...... اور وہی شام کو واپس جاتی ہے...... اور وہ اب جا چکی ہے...... یہاں اب کوئی گاڑی نہیں آئے گی۔''

''خیر انکل...... ابھی تو آپ چلے چلیے، مگر میں رات کو اندھیرے میں ریل کی پٹری کے پاس نہیں چلوں گا۔'' بلو نے فیصلہ سنا دیا۔

''میں نہی کہہ رہا تھا انکل...... اسے نہ لائیے ساتھ! یہ بہت ڈرپوک ہے۔'' روی نے اسے چڑتے ہوئے کہا۔

میں یہ سوچ کر چپ ہو گیا کہ جب واپسی کا موقع آئے گا تو بلو کو کسی نہ کسی طرح راضی کر ہی لیں گے...... چنانچہ ہم پٹری پٹری نکل لیے۔ اندھیرا ہونے سے پہلے میں یہ ضرور دیکھ لینا چاہتا تھا کہ اس راستے میں کوئی بہت لمبی سرنگ یا پلیا وغیرہ تو نہیں ہے۔ مگر تھوڑی دور چل کر پٹری پٹری واپس آنے کا میرا اپنا ارادہ بھی ایسا مضبوط نہ رہا۔ پٹری کے دونوں طرف چنانوں پر کہیں کہیں گاؤں والوں کے کچے پکے گھر تھے۔ ان کے علاوہ کچھ 'بڑے لوگوں' کی کوٹھیاں بھی نظر آئیں...... گاؤں کے بچے ہمیں دیکھنے باہر نکل آئے...... خیر بچوں نے تو ہم سے کچھ نہ کہا، مگر ان کے پیچھے آنے والے کتوں نے ہمارا نام پتہ جان لینے کی ضرور کوشش کی...... پھر دو ایک بڑی کوٹھیوں کے پاس سے گزرتے ہوئے جب دو ایک بہت اچھے کھائے پیے، کوٹھیوں میں پلے، بھاری بھرکم کتوں کی غراہٹ اور آواز سنائی دی، اور دو ایک خطرناک چہرے بھی نظر آئے، تو یہ جانتے ہوئے کہ یہ اس وقت زنجیروں میں بندھے ہوئے ہیں، ان کی رعب دار آواز کی گونج نے ہی ہمیں اچھی طرح چوکنا کر دیا کہ ہم رات کے اندھیرے میں ادھر سے گزرنے کا ارادہ ہرگز نہ کریں، ورنہ وہ ہماری آؤ بھگت میں کسی تکلف سے کام نہیں لیں گے۔

گاؤں پہنچتے پہنچتے ہی سورج لگ بھگ چھپ گیا تھا۔ ہوٹل میں بیٹھے تو معلوم ہوا، بجلی غائب ہے۔ پھر پتہ چلا کہ یہاں 'بجلی آتی کم جاتی زیادہ ہے......' کچھ پریشانی بڑھی۔ خیر، جانا تو تھا ہی۔ کھانا ملنے میں کچھ دیر ہوئی تو بلو صاحب سب سے زیادہ پریشان نظر آئے۔

ہوٹل سے باہر نکلے تو بلو نے کہا، ''انکل، اب کیا ہوگا......؟ یہ تو بالکل اندھیرا ہو گیا۔

''اوہ .....کوئی بات نہیں۔'' میں نے کہا،'' سڑک پر بجلی کے کھمبے نہیں دیکھے......؟''

شروع شروع میں تو بازار کی چہل پہل اور روشنی میں کوئی خاص پریشانی نہیں ہوئی، مگر جب پیروں کے نیچے پکی سڑک ایک پتلے سے پتھریلے راستے میں بدلی اور بازار کی روشنیاں مدھم ہوتے ہوتے بالکل ختم ہو گئیں تو ہمیں بھی اپنی بہت سی حماقتوں کا احساس ہونا شروع ہوا۔ دور پیڑ کی بہت سی پتیوں میں چھپا ایک لیمپ ٹمٹما رہا تھا۔ مشکل سے دو تین میٹر چوڑا راستہ بل کھاتا نیچے اتر رہا تھا اور پیروں کے نیچے آڑے ترچھے پتھر ابھی اچھی طرح جمے جمے محسوس ہو رہے تھے۔ راستے کے ایک طرف پہاڑ یا بڑی بڑی چٹانیں تھیں اور دوسری طرف گڑھے یا بالکل سیدھی ڈھلان...... جیسے پہاڑ کو ڈبل روٹی کے سلائس کی طرح سیدھا کاٹ دیا گیا ہو۔

'' آگے لیمپ جل رہے ہیں......؟'' میں نے نیچے سے آتے ہوئے ایک آدمی سے پوچھا، جو یہیں کا رہنے والا معلوم ہوتا تھا۔

'' کہیں کہیں !'' اس کے جواب سے دل کچھ اور بیٹھنے سا لگا۔

زیادہ سے زیادہ تیس چالیس میٹر چلنے کے بعد راستہ ایک دم دائیں یا بائیں طرف مڑ جاتا تھا، اور دائیں طرف کی چٹانیں بائیں طرف اور ڈھلان دائیں طرف آجاتی تھیں۔ جگہ جگہ ابھرے ہوئے پتھروں سے ٹھوکریں کھاتے ہم لوگ بڑھتے رہے، مگر ڈھلان ہوتے ہوئے بھی رفتار بہت سست تھی۔ اب تو کہیں دور دور لگے لیمپوں کی مدھم روشنی بھی غائب ہو چکی تھی پھر بھی ہم کافی دیر آگے بڑھتے رہے۔

مگر یکا یک ..... مجھے لگا کہ اب ہم سڑک پر نہیں چل رہے......! شاید اس لیے کہ ہر دو قدم بعد ہمارے سامنے کوئی پیڑ آجاتا اور ہمیں دائیں یا بائیں طرف اس سے بچ کر نکلنا پڑتا تھا۔ پیروں کے نیچے کی ڈھلان، اب سڑک کا ہلکا ہلکا اتار نہیں معلوم ہو رہی تھی۔ پھر ہمارے قدم بھی خود بخود کچھ تیز پڑ رہے تھے۔ اور اس خیال کے آتے ہی یہ احساس بھی ہوا

کہ ان پیڑوں سے بچنے کے چکر میں ہم اب تک نہ جانے کس طرف مڑ چکے ہوں گے۔

''اور اگر ہم راستہ بھٹک گئے انکل۔! تو اس اندھیرے میں کہاں جائیں گے۔!؟''

بلو اب بہت گھبرا گیا تھا۔ میرے ہاتھ پر اس کی پکڑ کچھ اور سخت ہوگئی۔

''نہیں نہیں۔!'' میں نے ہمت بندھانے کی کوشش کی، جبکہ خود مجھے بھی لگ رہا تھا کہ اب ہم خطرے میں گھر چکے ہیں۔

''کیا یہاں لنگوروں کے علاوہ اور جنگلی جانور بھی ہوتے ہیں؟'' روسی نے پوچھا۔ روسی کی آواز میں بلو جتنی گھبراہٹ تو ابھی پیدا نہیں ہوئی تھی مگر اس کے سوال سے لگتا تھا کہ اسے بھی خطرے کا احساس ہو چلا ہے۔

''نہیں میرا خیال ہے یہاں صرف لنگور ہی ہوتے ہیں۔'' حالانکہ میں جانتا تھا کہ بعض بعض حصے میں جنگل اتنا گھنا تھا کہ اس میں بھیڑیا تو ہو ہی سکتا تھا۔

میرے پیر کے نیچے سے ایک گول بڑا سا پتھر لڑھکا۔ اور کچھ دیر تک اس کے نیچے لڑھکنے کی آواز بھی آتی رہی، جس سے میں بُری طرح گھبرا گیا اور مجھے اپنی ریڑھ کی ہڈی میں کچھ عجیب سنسناہٹ سی محسوس ہوئی۔ ایسا تو بچپن میں ہم کھیل کھیل میں تیز ڈھلانوں پر کیا کرتے تھے۔ پتھر کے نیچے، اور نیچے، لڑھکنے کی آواز کا مزہ لینے کے لیے۔ اور پھر میرا دماغ ان خطروں کے خیال سے ہی چکرا گیا جن میں ہم اب گھر چکے تھے۔ اس پہاڑ پر میں نے دن میں ایسی ایسی جگہیں بھی دیکھی تھیں جہاں سے اگر کوئی پتھر لڑھکایا جائے تو سیکڑوں فٹ نیچے گر کر سیدھا زمین سے ہی ٹکرائے۔ پھر سانپ، بچھو اور طرح طرح کے کیڑے مکوڑے۔ اور پوری رات اس طرح بھٹکتے رہنے کے خیال سے مجھے پھریری سی آگئی۔ مگر مشکل یہ تھی کہ میں ان میں سب سے بڑا تھا۔

چوتھی یا پانچویں کے چاند کی روشنی، جو کچھ دیر پہلے پیڑ کے پتوں سے چھن کر زمین پر کچھ عجیب جال سا بنا رہی تھی۔ اب گھنے جنگل کی وجہ سے وہ بھی نظر آنا بند ہوگئی تھی اور اوپر

چاند بھی غائب تھا۔

''انکل۔اب تو زمین پر چاند کی روشنی بھی نہیں پڑ رہی۔ ببلو نے تو اب سچ مچ رونا شروع کر دیا تھا۔وہ مجھ سے بالکل چپٹ گیا۔

پیروں کے نیچے سے پتھر بار بار کھسک رہے تھے، اوران کے ساتھ ہم بھی ادھر ادھر ڈھلک جاتے۔

''اب کیا ہوگا؟'' اب روبی کی آواز میں بھی کافی گھبراہٹ آ گئی تھی۔

نہیں نہیں۔گھبراؤ نہیں۔ہم جلدی ہی سڑک پر آ جائیں گے۔'' میں نے کہنے کو تو یہ جملہ کہہ دیا تھا مگر سچ بات یہ ہے کہ سارے خطروں کو سمجھتے ہوئے میں ان لڑکوں سے بھی زیادہ گھبرا گیا تھا۔اس خیال سے کہ ہم میں سے کوئی کسی طرف پھسل کر لڑھک نہ جائے میں نے ان دونوں کے ہاتھوں کو بالکل جکڑ سا لیا۔پیروں سے ٹٹول ٹٹول کر میں نے ڈھلان چھوڑ کر چڑھائی کی طرف رخ کیا اور بہت آہستہ آہستہ قدم بڑھانے شروع کیے۔کافی دیر بعد کہیں دور پتوں میں مجھے ہلکی سی روشنی کی چمک کا شبہ ہوا۔میں نے اسی طرف چلنے کا فیصلہ کر لیا۔ اب ہم ایک ایک قدم جما کر پہلے ٹھیک سے کھڑے ہو جاتے تھے پھر اگلا قدم بڑھانے کی کوشش کرتے تھے۔ہم کتنی دیر میں اس کھمبے کے نیچے پہنچے جس سے اتنے گھپ اندھیرے میں کچھ دور تک روشنی پھیل رہی تھی میں اب بھی نہیں بتا سکتا۔

''اب ہم آگے نہیں بڑھیں گے۔!'' ببلو نے کھمبے کے نیچے پھیلی روشنی ہی کو غنیمت سمجھ کر صاف اعلان کر دیا اور وہ مجھ سے لپٹ گیا۔

''ارے نہیں بھائی۔!'' میں نے ہمت بندھانے کے خیال سے کہا،'' میرا خیال ہے اب تو ہم 'ہالی ڈے کیمپ' کے پاس ہی کہیں پہنچ گئے ہوں گے''۔

''انکل۔رکشہ۔!'' روبی ایک دم جوش میں چیخا۔

اور میں نے دیکھا کہ کچھ نیچے، اندھیرے اور روشنی کے جال میں پیڑ سے لگا ایک

رکشہ (ڈانڈی) کھڑا ہے، جس پر ہم نے دن میں کچھ بوڑھے لوگوں کو چار قلیوں کو کندھوں پر لے جاتے دیکھا تھا۔

"انکل۔ اب ہم یہاں سے کہیں نہیں جائیں گے۔ رکشے والے کبھی نہ کبھی تو آئیں گے ہی!" ببلو نے تنکے کا سہارا لیتے ہوئے کہا۔

''اور اگر وہ نہ آئے صبح تک۔ تو کیا ہم رات بھر یہیں کھڑے رہیں گے۔؟؟'' روی نے پوچھا۔ ''اور یہاں تو بجلی کا بھی بھروسہ نہیں ہے۔

سچ بات تو یہ ہے کہ اب تو میں بھی ان دو لڑکوں کی وجہ سے کسی قسم کی مدد بغیر آگے بڑھ کر کوئی نیا خطرہ مول لینا نہیں چاہتا تھا۔ اس لیے وہ رکشہ مجھے بھی ڈوبتے کو تنکے کے سہارے سے کچھ کم نہیں لگ رہا تھا۔

''ارے بھائی رکشے والوں......!'' میں نے کسی کو دیکھے بغیر زور سے آواز دی۔ گہرے سناٹے میں آواز گونجی، اور پھر آہستہ آہستہ گم ہو گئی۔ کوئی جواب نہیں آیا۔ مگر میں زور زور سے پکارتا رہا۔ آخر دور کہیں سے ایک جوابی آواز سنائی دی۔

''ارے بھائی یہاں.....ادھر آؤ!'' میں اپنی پوری آواز سے چلایا۔ اور پھر تھوڑی دیر میں کافی دور جہاں اس لیمپ کی روشنی بہت مدھم سی پہنچ رہی تھی، ایک سایہ سا ہماری طرف بڑھتا نظر آیا۔ ایک انسانی جسم کا سایہ۔ مجھے لگا، جیسے میں برسوں بعد کسی جیتے جاگتے آدمی کو دیکھ رہا ہوں۔

''بھائی، تم ہمیں 'ہالی ڈے کیمپ' پہنچا دو۔!'' میں نے کافی نیچے آدمی کے ہیولے کو دیکھتے ہی کہا۔ وہ اب بھی ہم سے کافی دور رکشے کے پاس کھڑا تھا۔

''ارے صاحب۔!'' اس نے ہنستے ہوئے کہا۔ ''اب تو آپ کیمپ پہنچ ہی گئے ہیں۔ بس سمجھ لیجئے آپ اس کی چھت کے پاس ہی کھڑے ہیں۔ بس دو موڑ اور ہیں۔ اور آپ اس کے دروازے پر ہوں گے۔''

''نہیں بھائی۔ تم آ ہی جاؤ!'' بلو صاحب نے گڑگڑاتے ہوئے کہا۔

''نہیں صاحب۔ میں آ تو نہیں سکتا، آپ آہستہ آہستہ چلتے رہیے۔ جب تک آپ کیمپ کے دروازے پر نہ پہنچ جائیں زور زور سے آواز دے کر مجھ سے پوچھتے رہیے گا!''

شکر ہے صاحب، اس کی آواز کے سہارے، ہم تھوڑی سی دیر میں پہنچ تو گئے اپنے پڑاؤ پر، مگر اس کے بعد سے اس رات کے سارے خطروں کا خیال اب بھی مجھے کبھی کبھی سوتے سے چونکا دیتا ہے۔

☆☆☆

نئے پہرے دار

آسمان پر کچھ عجیب سی دھند تھی، نہ کہرا تھا نہ بادل، جیسے ہلکا ہلکا دھواں نیچے کو بیٹھتا جا رہا ہو۔ لوگ تیزی سے اپنے گھروں کی چھتوں پر چڑھ گئے۔ اوروں کی دیکھا دیکھی میں بھی اپنی ٹوٹی ہوئی دیوار کے سہارے اپنی کوٹھری کی چھت پر پہنچ گیا۔ میں نے ادھر ادھر دیکھا، مگر جب مجھے کچھ دکھائی نہ دیا تو میں بھگت کے گھر کی طرف لپک گیا۔ وہ میرے گھر کے پاس ہی دوسری منزل پر رہتا تھا۔ لوگ گھوم گھوم کر ادھر ادھر اشارے کر رہے تھے۔

''ارے یہ تو دھواں ہے!'' میں نے حیرت اور ایک عجیب سے جوش میں بھگت کا ہاتھ پکڑ کر کہا۔

''وہ دیکھ وہ!'' بھگت نے کانپتے ہوئے ہاتھ سے دائیں طرف اشارہ کیا۔ اور مجھے وہاں گہرے کالے دھوئیں میں آگ کا ایک شعلہ اس طرح ناچتا ہوا نظر آیا جیسے کل دوپہر جب سانپ والا تماشا دکھا رہا تھا تو اس کی بین پر لہراتا ہوا کالا ناگ کبھی کبھی بڑی تیزی سے اپنی زبان باہر نکال لیتا تھا۔ دور کہیں پٹاخے چھوٹنے کی آوازیں بھی آ رہی تھیں۔ ''یہ کیا ہو رہا ہے بھگت! دیوالی تو ابھی گئی ہے۔'' میں نے پوچھا۔

''ارے نہیں۔'' بھگت نے کانپتی ہوئی آواز میں کہا، ''سنا ہے لوگ گھروں کو آگ لگا رہے ہیں۔''

''کیوں!؟'' مجھے بالکل یقین نہ آیا، ''اور یہ پٹاخے کیسے چھوٹ رہے ہیں؟''

''یہ شاید بندوق کی آوازیں ہیں۔'' بھگت نے گردن کو ایک جھٹکا دیا۔

''اکبر اکبر۔'' نانی نے مجھے پکارا۔ ''میرے جوتے کہاں ہیں؟ مجھے دیر ہو رہی ہے۔''

میں بھاگتا ہوا نیچے اترا۔ مگر مجھے لگا جیسے میرے پیر کانپ رہے ہیں۔

''نانی تم کہاں جارہی ہو؟'' مجھے خود اپنی آواز بھی قابو میں نہیں لگ رہی تھی۔

''جانتا نہیں نو بجے تک مجھے اسپتال پہنچنا ہے۔'' انھوں نے جھنجلائے انداز میں کہا۔

''نانی! تمہیں معلوم نہیں ہے۔ بھگت کہہ رہا تھا کہ لوگ گھروں کو آگ لگا رہے ہیں......اور......''

''مجھے سب معلوم ہے......!'' نانی نے میری بات کاٹی، ''میں پوچھتی ہوں میرے جوتے کہاں ہیں؟''

''نانی خدا کے واسطے مت جاؤ......! اچھی نانی!'' میں نانی سے لپٹ گیا۔

''نہیں میں ضرور جاؤں گی......!'' نانی بڑے زور سے چیخیں۔

مجھے نانی کی آواز عجیب سی لگی۔ نہ جانے کیوں آج وہ اتنی بوڑھی نہیں لگ رہی تھیں۔

''نانی......! لوگ کہہ رہے تھے، وہاں بندوقیں چل رہی ہیں!......نانی آج مت جاؤ۔''

''نہیں......؟'' انھوں نے ہر لفظ کو پوری طرح جما کر کہا، ''میں نے بھی بندوقوں کی آوازیں سنی ہیں۔ میں رات بھر ایک منٹ کو بھی نہیں سو سکی......مگر میرے جوتے کہاں ہیں۔ مجھے دیر ہو رہی ہے۔''

''اماں!'' ابا نے گھر کے ایک کونے سے آگے بڑھتے ہوئے کہا، جہاں وہ بھینس کے لیے چارہ تیار کر رہے تھے۔ ''اماں تم پہنچو گی کیسے؟ بسیں تو چل ہی نہیں رہیں۔''

''میں پیدل جاؤں گی۔''

''مگر بیچ میں تمھیں کچھ دور سڑک سے بھی تو گزرنا پڑتا ہے۔''

''مگر نانی......!'' میں ان کی ٹانگوں سے لپٹ گیا۔ اماں نے لا کر ان کے جوتے دیے اور انھوں نے جلدی سے انھیں پہن لیا......''نانی......آج مت جاؤ۔'' میں نے گڑگڑاتے ہوئے کہا۔

''بیٹے......!'' نانی نے پیار سے میری پیٹھ تھپتھپاتے ہوئے کہا، ''میں آج تو گھر نہیں بیٹھ سکتی۔''

''اماں! کیا تم ایک دن کی چھٹی نہیں لے سکتیں۔'' میری اماں نے پوچھا، ''نہیں!'' نانی نے جلدی سے کہا۔

''مگر کیوں...... ؟'' میں نے ضد کی۔

''میں تمھیں پھر کبھی بتاؤں گی اور وہ دیوالی کے راکٹ کی طرح دروازے سے نکل گئیں۔

ذرا دور جا کر وہ پیچھے مڑیں اور پھر اماں کو پکا کر ذرا زور سے کہا، ''انھیں اکبر اور اصغر کو بالکل باہر مت نکلنے دینا آج۔'' اور پھر وہ تیزی سے آگے بڑھ گئیں۔ ان کے پیر ایسے زمین پر پڑ رہے تھے جیسے وہ جوان ہوں۔ ان کی چال میں ذرا بھی کمزوری نہیں تھی۔ وہ کتنی مضبوط اور جوان لگ رہی تھیں۔

آج اور دنوں سے کتنا الگ دن تھا۔ ہر طرف لوگ آہستہ آہستہ کھس پھس، کھس پھس کرتے سنائی دے رہے تھے۔ دوپہر کو ایک آدمی سڑک پر تیزی سے دوڑتا ہوا چیختا چلا گیا، ''پولیس، پولیس آرہی ہے۔'' میں دروازے کے پاس بیٹھا خاکی وردی والوں کا انتظار کرتا رہا۔ مجھے ان کی کلف استری کی ہوئی پتلونیں بہت اچھی لگتی ہیں۔ لوگ بڑی تیزی سے گلی میں اِدھر اُدھر جا رہے تھے۔ آٹے دال سبزی اور گھر کے سامان سے بھری چھوٹے بڑی تھلے ان کے کندھوں اور ہاتھوں میں لٹکے ہوئے تھے۔ مجھے گلی میں اس بھاگ دوڑ اور چہل پہل میں بڑا مزہ آرہا تھا۔ میں نے بھگت کے دروازے پر جا کر پکارا۔ ''بھگت!''

''کیا نانی آج بھی اسپتال گئی ہیں''؟ اس نے باہر آ کر پوچھا۔

''ہاں.........وہ کہہ رہی تھیں آج ان کا جانا بہت ضروری ہے.........مگر یار بھگت، تو بتا سکتا ہے یہ لوگ جھگڑا کیوں کر رہے ہیں''؟

''اوں ہوں!'' مجھے ٹھیک تو پتہ نہیں ہے.......''لیکن......اس نے میرے کان میں بہت آہستہ سے کہا۔''سنا ہے شاید کسی نے کوئی گوشت کا ٹکڑا پھینک دیا تھا کہیں۔''!

''کہاں''!؟میں نے جلدی سے پوچھا۔''کیسا گوشت''!؟

''پتہ نہیں''.......بھگت نے گردن کو ایک جھٹکا دیا''کوئی میرے پتا جی کو بتانے آیا تھا مگر لعنت بھیج اس پر.....''!

''اکبر!''میری اماں نے مجھے زور سے پکارا اور میرے پاس آتے ہی انہوں نے مجھے مڑا تڑا پھٹا پرانا سا دو روپے کا نوٹ دیا۔''جا بھاگ کر نمک مرچ لے آ۔ جلدی لوٹ آئیو۔''!

کوئی تین بجے رفیق چاچا آئے اور بہت آہستہ آہستہ ابا سے باتیں کرنے لگے۔ابا نے فوراً مجھے وہاں سے بھگا دیا۔میں کسمساتا ہوا وہاں سے تھوڑی دور جا کر ان کی باتوں پر کان لگائے رہا۔

رفیق چاچا نے گھٹی گھٹی آواز میں ابا کو بتایا''اسٹیشن کے پاس بڑے زور کی لڑائی ہو گئی ہے۔''وہ کچھ گھبرائے گھبرائے سے لگ رہے تھے۔

''سچ''!؟ابا نے گھبرا کر پوچھا۔

''سنا ہے ہمارے محلے پر بھی حملہ ہونے والا ہے۔''!رفیق چاچا نے بڑی دبی زبان سے ابا سے کہا اور میں جوش میں فوراً بھگت کے گھر دوڑ گیا۔

''بھگت بھگت.....''میں اسے دیکھتے ہی ابل پڑا۔''سنا تو نے۔؟ہمارے محلے پر حملہ ہونے والا ہے۔وہ آ رہے ہیں۔ابھی''!

''کون''؟

''مجھے نہیں معلوم۔مگر رفیق چاچا کو پکا یقین ہے،بھگت!اگر وہ سچ مچ آ گئے.....تب کیا ہوگا۔؟''

میں بتاؤں۔ بھگت نے کچھ سوچنے کے بعد ایک دم جوش میں کہا۔ہم سب لوگ ایک جگہ اکٹھے ہو جائیں۔ سارے دوست---- ہم اپنی ہاکیاں کرکٹ کے بیٹ اور وکٹ لے لیں گے۔ٹھیک ہے نا!'' اس نے رُک رُک کر اپنا جملہ پورا کیا۔

''ہاں یہ ٹھیک ہے'' میں نے جوش کے ساتھ ایک دم جواب دیا۔''ہم کسی باہر والے کو اپنے محلے میں نہیں گھسنے دیں گے۔'' مجھے لگا جیسے میرے کان کی لویں گرم ہو رہی ہیں۔

''ہم پہرے داروں کی ایک ٹولی بنائیں گے سب دوست مل کر۔ کیا خیال ہے۔''؟

''واہ! کیا بات سوچی ہے اکبر تو نے----! مگر ہاں، ہم اوشا، رشیدہ یا کسی لڑکی کو نہیں رکھیں گے اپنی ٹولی میں....''! بھگت نے کہا، اب اس کا چہرہ کچھ لال سا ہو گیا تھا۔

بالکل بالکل......'' میں مان گیا'' ہر بات میں تو وہ رونا پیٹنا شروع کر دیتی ہیں۔''

ذرا سی دیر میں ہم دونوں انیل، شریف، یمی، اصغر اور اپنے سب دوستوں سے مل لیے جو ہمارے گھر سے تھوڑی دور ہی رہتے تھے۔ان سب سے اپنی اپنی ہاکیوں، کرکٹ کے وکٹوں اور بیٹوں کے ساتھ شام کو پارک میں جمع ہونے کا پروگرام پکا کر لیا گیا تا کہ آج شام سے ہی پہرے داروں کی ٹولی کی پہلی پریڈ شروع ہو جائے۔ میں جلدی سے جلدی اپنے ساتھیوں کی ٹولی کو مارچ کرتے دیکھنا چاہتا تھا۔

شام چار بجے کے قریب ایک نیلے سے رنگ کی گاڑی محلے سے گزری۔ خاکی وردی پہنے کوئی آدمی لاؤڈ اسپیکر پر چیخ رہا تھا۔''چھ بجے شام سے کرفیو لگا دیا گیا ہے۔ سڑک پر نکلنا منع ہے۔ کسی کو سڑک پر دیکھتے ہی پکڑ لیا جائے گا۔''

اماں نے جلدی سے مجھے دروازے سے اندر کھینچ لیا۔ میں بڑی بے چینی سے نانی کا انتظار کر رہا تھا۔ جلدی ہی ساری گلیاں اور سڑک بالکل اجاڑ سی لگنے لگیں۔ ابا اور اماں بھی بڑے بے چین نظر آ رہے تھے۔ آہستہ آہستہ اندھیرا بڑھ رہا تھا۔ آخر بالکل سورج چھپتے وقت کسی نے دروازہ کھٹکھٹایا اور ابا دوڑتے ہوئے وہاں پہنچ گئے۔

''لمّاں نے کہلایا ہے۔'' ابا نے کچھ پریشانی کے ساتھ زور سے کہا۔'' وہ دو تین دن گھر نہیں آئیں گی۔'' ہم سب پر عجیب اداسی سی چھا گئی۔

میں کبھی کبھی دروازے پر پڑا پردہ ہٹا کر باہر جھانک لیتا تھا۔ باہر پولیس کے سپاہی لاٹھیاں اور بندوقیں لیے گھومتے نظر آرہے تھے۔

اگلے دو تین دن کے لیے جب بھی کرفیو کھلتا میں گھر سے باہر جانے کی ضد کرتا مگر لمّاں مجھے کبھی بھگت کے دروازے سے آگے نہ بڑھنے دیتیں۔ بھگت کو بھی یہ سن کر بڑی حیرت ہوئی کہ نانی اگلے دو تین دن گھر نہیں آئیں گی۔ اسے اس بات کا بھی بڑا افسوس تھا کہ ہماری نئی ٹولی کو پارک میں پریڈ کرنے کا موقع نہیں مل رہا ہے۔ پانچویں دن شام کو نانی آئیں۔ بالکل تھکی ہاری۔ آج وہ پہلے سے کہیں زیادہ بوڑھی لگ رہی تھیں۔ رات کو سویرے سے کھانا کھا کر میں نے بھگت کو اپنے گھر ہی بلالیا۔'' نانی''! میں نے کہا۔'' تم اسپتال میں اتنے دن کیوں رہیں۔؟ اور تمھیں تو ہمیشہ ہی اسپتال جانے کی جلدی لگی رہتی ہے۔''؟

'' واہ۔ بیٹے یہ میری نوکری ہے۔ نانی نے جلدی سے کہا۔ مجھے اسپتال میں روٹی پکانے کی ہر مہینے تنخواہ جو ملتی ہے----''!

'' مگر نانی----تم تو کبھی بھی چھٹی نہیں لیتیں۔'' بھگت نے کہا۔'' ہمارے اسکول میں تو روز کوئی نہ کوئی ماسٹر چھٹی پر رہتا ہے۔''

''نہیں----ایسی بات نہیں ہے بیٹا----''! نانی مسکرائیں۔'' ضروری کام ہوتا ہے تو ضرور چھٹی لیتی ہوں----''!

'' پھر تم نے ان چار پانچ دن چھٹی کیوں نہیں لی۔'' میں نے پوچھا۔

'' واہ، اگر میں چھٹی لے لیتی تو غریب بیماروں اور اسپتال کے ڈاکٹروں اور نرسوں کے لیے روٹی کون پکاتا۔''؟

'' کیوں؟ کیا اسپتال کے کچن میں اور کوئی نہیں ہے۔؟'' بھگت نے پوچھا۔

”نہیں، ہیں تو----ہم سب چار ہیں----تین مرد اور میں----“!

”پھر تو تم آسانی سے چھٹی لے سکتی تھیں“۔ بھگت نے بحث کرنے کے انداز میں کہا۔

”نہیں بیٹے----“!

”کیوں----“؟ میں نے بھی ضد کی۔

''دیکھو بات یہ ہے کہ ہم چار میں سے دو آدمی بہت دور سے آتے ہیں۔ میں جانتی تھی کہ اس جھگڑے کے زمانے میں وہ کسی طرح بھی اسپتال نہیں آسکتے۔''

''تو تم بھی نہ جاتیں ----'' بھگت نے کہا ''تم تو عورت ہو اور بڑھیا بھی۔''

''ہاہاہا ----'' نانی نے قہقہہ لگایا ''کیا میں اتنی بڑھیا لگتی ہوں۔''؟

''کچھ بھی ہو، مگر اس دن تمہیں اسپتال نہیں جانا چاہیے تھا۔'' میں نے آخری فیصلہ سنا دیا۔

''نہیں بیٹے ----اگر میں نہ جاتی تو بیمار بچارے سارے دن بھوکے پڑے رہتے۔ ایسے دنوں میں تو ان کے رشتہ دار بھی انہیں دیکھنے نہیں آسکتے تھے۔''

اس کے بعد نانی کافی دیر تک کچھ نہ بولیں۔ اور مجھے لگا کہ ان کی آنکھوں میں کچھ عجیب سی بات پیدا ہو گئی ہے۔ وہ اندھیرے میں خالی خالی نگاہوں سے نہ معلوم کہاں گھور رہی تھیں۔ لالٹین کی مدھم سی روشنی میں ان کے چہرے کی جھرّیاں کچھ اور گہری سی دکھائی دینے لگیں۔

''کیا بات ہے نانی ----''؟ مجھے انہیں دیکھ کر دکھ ہو رہا تھا۔ ''کیا ہو رہا ہے تمہیں''؟ میں نے گھبرا کر پوچھا۔

''نہیں بیٹا''! نانی نے کانپتی آواز میں جلدی سے کہا۔ مگر مجھے لگا جیسے ان کے گلے میں کچھ پھنس رہا ہے۔

''اچھی نانی ----'' میں ان کے اور قریب کھسک آیا۔ نانی نے مجھے پیار سے گلے لگا لیا اور مجھے ایک گھٹی گھٹی ہچکی کی آواز سنائی دی۔

کچھ دیر بعد جب میں اور بھگت بالکل ہی اُز گئے تو انہوں نے رُک رُک کر بتانا شروع کیا۔

''لگ بھگ پینتیس سال ہو گئے ---- یا شاید اور بھی زیادہ ---- ہاں یاد آیا ----! تیری ماں اس وقت تیری ہی جتنی تھی یہی کوئی دس بارہ سال کی ---- ان دنوں

تو بڑا سخت جھگڑا ہوا تھا۔ اللہ ایسے دن پھر نہ دکھائے۔ کئی کئی دن تو گھر کے دروازے سے باہر بھی نہیں جھانک سکتے تھے۔ دن بھر گولیوں کی آوازیں سنسناتی رہتی تھیں۔ جدھر دیکھو گھر جلتے نظر آتے تھے----''

اب نانی ہماری طرف دیکھ بھی نہیں رہی تھیں---- بالکل کھوئی کھوئی سی جیسے وہ خود سے ہی باتیں کر رہی ہوں۔ سچی بات یہ ہے کہ پورے ایک گھنٹہ تک وہ نہ جانے کیا کیا کچھ بولتی رہیں۔ میں تو اسے دہرا بھی نہیں سکتا۔ کبھی کبھی ان کی آواز ہچکیوں میں دب جاتی۔ خالی خالی آواز میں وہ بولتی رہیں۔ شاید انہوں نے بتایا تھا کہ گھر میں کھانے پینے کا سامان بھی ختم ہو گیا تھا۔ میری ماں اور خالاؤں نے روٹی کے لیے رونا شروع کر دیا تھا۔ آخر میرے نانا نے ایک دن پھیری پر نکل کر کپڑا بیچنے اور کچھ کھانے پینے کا سامان لانے کی ٹھان لی۔ اس دن جیسے ہی کرفیو کھلا وہ سائیکل پر اپنی گٹھری لے کر نکل پڑے---- اور پھر کچھ گھنٹوں بعد نانی اور گھر کے سارے لوگ دوڑتے ہوئے اسپتال پہنچے۔ وہاں نانا زخمی پڑے تڑپ رہے تھے۔ نانی گاؤں کی سیدھی سادی ان پڑھ عورت تھیں۔ وہ اسپتال کے برآمدوں میں دیوانوں کی طرح دوڑتی پھریں۔ ہر آدمی کے سامنے روتی گڑگڑاتی، مدد کے لیے بھیک مانگتی پھریں۔ مگر اسپتال میں بہت تھوڑے سے ڈاکٹر تھے۔ برابر زخمی پے زخمی چلے آ رہے تھے۔ کئی دن لگاتار کرفیو رہنے کی وجہ سے بہت سی نرسیں اور ڈاکٹر بھی اپنے گھروں سے نکل ہی نہیں پائے تھے۔ آخر میرے نانا، میری ماں اور خالاؤں کو روتا پیٹتا چھوڑ کر ہمیشہ کے لیے ان سے دور چلے گئے۔

''اور پھر اکبر----''! نانی نے کافی دیر چپ رہنے کے بعد بالکل بدلی ہوئی آواز میں کہا۔'' مجھے کسی نہ کسی طرح اسی اسپتال کے کچن میں نوکری مل گئی---- آخر تیری ماں اور خالاؤں کا پیٹ بھی تو پالنا تھا۔ مگر اسی دن میں نے خود اپنے سے ہی وعدہ کر لیا تھا، اور خدا کے سامنے ایک قسم کھائی تھی، جیسے بھی ہوگا میں اپنی ڈیوٹی کبھی نہیں چھوڑوں گی۔ اور خاص

طور پر ان دنوں میں تو کبھی اسپتال نہیں چھوڑوں گی جب لوگ پاگل ہو جاتے ہیں اور ایک دوسرے کو مارنے لگتے ہیں۔''

کچھ دیر چپ رہ کر انہوں نے پھر سوچتے ہوئے کہا۔اب پھر ان کی آنکھوں سے آنسو ڈھلک کر ان کے جھریائے گلوں پر پھسلنے لگے تھے۔

''بیٹو----! لوگوں کو کبھی پاگل نہ ہونے دینا۔ سمجھے۔ کبھی نہیں۔''

مگر جلدی ہی نانی نے رونا بند کر دیا۔ ان کی آنکھوں میں ایک نئی چمک پیدا ہوگئی۔ چہرے کی جھرّیاں جیسے خود بخود غائب ہوگئیں اور ایک بار پھر وہ مضبوط سی لگنے لگیں۔

ہم نانی کے پاس سے اٹھ کر جب ذرا دور آ گئے تو میں نے بھگت سے کہا۔

''بھگت ہم اپنی ٹولی کو نہیں بھولیں گے۔''

''ارے کبھی نہیں۔'' اس نے اپنے گھر کے دروازے میں گھستے ہوئے کہا۔'' کل صبح سے ہی لو۔ ہم سب دوستوں سے مل کر بالکل پکّا کر لیں گے۔''

''بالکل ٹھیک۔ ہم ان بڑوں کو کبھی نہیں لڑنے دیں گے۔ کم سے کم اپنے محلّے والوں کو تو کبھی پاگل نہیں ہونے دیں گے۔''

''ہرگز نہیں----''!

☆☆☆

شکار ایک شاعر کے ساتھ ☆

ویسے تو یہ آٹھ آدمیوں کی ٹولی تھی جو شکار پر نکلی تھی، مگر ان میں میزبان کے علاوہ تین آدمی خاص تھے---- ایک میں خود، جس کی خاطر یہ پروگرام بنایا گیا تھا۔ دوسرے چندا صاحب شکاری-- جو کسی شکار میں ہی اپنی ایک آنکھ گنوا چکنے کے بعد بھی اس سے باز نہ آئے تھے، اور ظاہر ہے جو ہر چیز کو ایک ہی نگاہ سے دیکھے، اس کا نشانہ سچا نہ ہوگا تو کس کا ہوگا؟ شاید 'ایک فائر ایک شکار' کی بات انہی کے لیے سچ تھی۔ لیکن حیرت کی چیز تو وہ مولانا تھے جو اپنی سفید داڑھی، بڑی سی پگڑی، خاکی پاجامے اور سفید کرتے میں شکاری نہیں کسی مسجد کے مولانا لگتے ہوئے بھی 'ہرنوں کے جادوگر' کہے جاتے تھے۔ اگر میں خود اپنی آنکھوں سے ان کی یہ جادوگری نہ دیکھ لیتا تو مجھے ان کے 'ہانکے' کے کمالات کے بارے میں سنی سنائی باتوں پر کبھی یقین نہ آتا۔

ابھی ہم ٹھٹھرتے کانپتے، بغلوں میں ہاتھ دیے گاؤں سے باہر بھی نہ نکلے تھے کہ ایک صاحب کی شامتِ اعمال نے جو انہیں اکسایا تو ایک ساتھی سے پوچھ بیٹھے---- "بھائی چاقو بھی رکھ لیا ہے؟"

شاید خود چاقو ہم سب پر یا اس شکار پر اتنے ستم نہ ڈھاتا جو ان صاحب کے اس ایک معصوم سے جملے نے ہم پر اس دن ڈھائے۔ خیر انہیں تو میں کیا بیان کروں مگر اتنا ضرور بتلا دوں کہ ان صاحب کو فوراً گھر لوٹا دینے کے بعد بھی چندا صاحب اور مولانا کا ایسا موڈ خراب ہوا کہ کچھ دیر تو ہمیں لگا کہ آج شکار پر جانا ہمیں نصیب ہی نہ ہوگا۔

کھیتوں پر کہرے کی ہلکی نیلی چادر سی پھیلی ہوئی تھی۔ گیہوں کے پودوں کی ہری

☆ یہ کہانی کم سے کم چالیس پینتالیس سال پہلے لکھی گئی تھی اور مجھے یاد نہیں کہ اس سے پہلے کہاں چھپی تھی۔ اب چونکہ جانوروں سے محبت کا پیغام بچوں تک پہنچایا جا رہا ہے اس لیے موجودہ نسل کے بچوں کی خاطر اس مجموعے میں شامل کی جا رہی ہے۔

ہری پتیوں پر اوس کے قطرے جمے جمے سے نظر آرہے تھے۔ امید کی ایک ہلکی سی کرن کی طرح پورب میں پھیلے دھند لکے میں پہلے گلابی سا رنگ پھیلنا شروع ہوا جو آہستہ آہستہ لالی میں بدلتا چلا گیا، پھر ایک لال بڑی سی تھالی نے آہستہ سے ایک کونا اوپر ابھارا جو ایک ایک لمحے میں بڑھتے بڑھتے پورا لال گولا بن گیا۔ آہستہ آہستہ لال گولا پہلے سنہری ہوا اور اس کے ساتھ ہی کھیتوں پر بکھرے ہوئے اوس کے قطروں سے دور دور تک موتیوں کی ایک چمک دار چادر سی بچھی نظر آنے لگی۔ اب ہمارے جسموں میں بھی کچھ گرمی کا خوشگوار احساس پیدا ہونے لگا تھا۔ تھیلوں سے مونگ پھلی اور ریوڑی نکل آئی اور سردیوں کے بہترین میوے نے ہم میں ایک نئی جان سی ڈال دی۔

کافی دیر چلنے کے بعد اب ہم ایک بالکل خشک میدان میں آگئے تھے جو چاروں طرف میلوں دور دور تک پھیلا ہوا تھا۔ یہاں کہیں کہیں چھوٹی چھوٹی، اونچی نیچی کچھ جھاڑیاں نظر آرہی تھیں یا ایک آدھ کوئی ببول کا پیڑ کہیں دکھائی دے جاتا تھا۔

''آج تو مشکل ہی ہے''! ہمارے ایک ساتھی نے دبی زبان سے کہا۔

''کیوں!'' دوسرے نے حیرت سے پوچھا۔

''ارے وہ اس کمبخت چیز کا ذکر کر دیا تھا نا اس نے چلتے وقت! یہ شکاری لوگ اس چیز کے ذکر کو بڑی بدشگونی مانتے ہیں۔''

''کیا سچ مچ ان جانوروں کے کان میں اتنی دور کی آواز پہنچ جاتی ہے؟'' ایک صاحب نے مسکراتے ہوئے کہا۔

اس وقت چندا صاحب اور مولانا اپنی نگاہوں کے تیر چاروں طرف پھینکتے ہوئے ہم سے کچھ آگے چل رہے تھے۔

''خاموش'' ایک آواز گونجی اور ہم لوگ چونک پڑے۔ ''تم سب لوگ اس پیڑ کے پاس پہنچ جاؤ''! تھوڑی دیر تک مولانا اور چندا صاحب ہاتھوں سے ادھر ادھر اشارہ کرتے

ہوئے، آہستہ آہستہ کچھ باتیں کرتے رہے۔ جنہیں ہم بالکل نہیں سن سکے۔ جدھر مولانا بار بار اشارہ کر رہے تھے ادھر تو ہمیں دو چار اونچی نیچی جھاڑیوں اور ایک دو پیڑوں کے دھندلے سے سایے کے علاوہ کچھ نظر نہ آیا۔

چونکہ پوری ٹولی میں 'معزز مہمان' ہونے کے ناطے میں ہی ایک خوش نصیب ایسا تھا جسے اصلی شکاری، یعنی چندا صاحب کے ساتھ رہنے کی اجازت ملی تھی۔ اس لیے میں ایک منٹ ضائع کیے بغیر ان کے پاس پہنچ گیا۔ مولانا نے چندا صاحب کو کچھ آخری ہدایتیں دیں اور اکیلے ایک طرف کو چل پڑے۔ مگر یہ اس طرف تو نہیں جا رہے تھے جدھر ہمیں کچھ جھاڑیاں سی نظر آئی تھیں! مولانا کا سایہ آہستہ آہستہ دور ہوتا چلا گیا، وہ ہر چیز سے بے خبر گردن جھکائے آگے بڑھ رہے تھے۔

''کیا وہ ہرن ہیں----!؟'' میں نے چندا صاحب سے پوچھا۔

''ہاں شاید۔'' انھوں نے چھوٹا سا جواب دیا، مگر مجھے لگا کہ انھیں میرا بولنا کچھ اچھا نہیں لگا۔

کچھ دور چل کر ہم دونوں جس جگہ پہنچے وہاں شاید بہت پہلے کبھی ایک چوڑا نالا سا رہا ہوگا مگر اب وہ بالکل سوکھ چکا تھا۔ اس کے دونوں طرف مٹی کے دو ٹیلے سے تھے جو ممکن ہے کبھی اس کے دونوں کنارے ہوں۔ نیچے ڈھلان میں ہری ہری گھاس کی ایک قالین سی بچھی ہوئی تھی۔

''ابھی یہیں بیٹھ جاؤ!'' چندا صاحب نے ٹیلے کے اوپر بیٹھتے ہوئے کہا۔

میں نے نگاہ دوڑائی۔ مجھے اکچھ ایسا لگا کہ دور جھاڑیوں میں کبھی کبھی کچھ حرکت سی ہو جاتی ہے۔ اب مولانا کا سایا دھندلکے میں بالکل غائب ہو چکا تھا۔ کافی دیر بعد ان جھاڑیوں میں ایک بار ہی کچھ حرکت بڑھی۔ مجھے کسی چوپایے جیسے کچھ جسم تیز تیز نالے کی طرف بڑھتے ہوئے نظر آئے۔

دور بہت دور کچھ چھوٹے چھوٹے کھلونے سے بکھرے پڑے تھے۔ ایک آدھ کلومیٹر آگے بڑھ کر یہ جھنڈ کچھ سمٹ کر پھر سکون سے گھاس چرنے لگا۔ اب ان کے چھوٹے

چھوٹے جسم الگ الگ پہچانے جا سکتے تھے۔ میری خوشی اور جوش کی کوئی انتہا نہیں تھی۔ جیتی جاگتی زندگی میں، میں نے کبھی خواب میں بھی یہ نہ سوچا تھا کہ یوں کھلے جنگل میں اتنے بہت سے ہرن آزاد گھوم رہے ہوں گے۔ 'کہیں یہ خواب تو نہیں ہے۔' میں نے سوچا۔

گلّے میں آگے آگے ایک بڑا سا ہرن تھا جس کے سر پر بل کھائے کافی اونچے سینگ بھی تھے۔ شاید یہ گلّے کا سردار تھا۔ چونکہ وہی بار بار چونک کر سب سے پہلے اپنی گردن گھما کر ادھر ادھر دیکھتا اور پھر گھاس چرنے لگتا۔

سردار کچھ دیر بعد ایک بار پھر بھڑکا۔ وحشت سے اِدھر اُدھر دیکھا اور کافی تیز تیز ہماری ہی طرف بڑھنے لگا۔ پورا گلّا فوج کے سپاہیوں کی طرح فوج کے کمانڈر کے حکم پر بالکل اسی کے قدموں اور اسی کی رفتار سے مارچ کرتا ہوا لگ رہا تھا۔ پھر رفتار کچھ تیز ہوئی ----اور پھر جیسے فلم کا سین ایک دم بدل گیا۔ پھر مجھے لگا، سردار نے پیروں کو جھٹکا دیا۔ چاروں کھر جوڑے اور اس کا جسم ہوا میں اچھل گیا۔ مگر اس ایک چھلانگ میں ہی کم سے کم تین چار میٹر کا فاصلہ طے ہو گیا تھا۔ گلّے کا ہر ہرن لگ بھگ اسی جگہ پہنچ کر اپنے سردار ہی کی طرح چھلانگ لگاتا۔ اب یہ دو دو اور تین تین کی ٹولی میں اپنے سردار کے قدم بہ قدم آگے بڑھ رہے تھے۔

میں اس حسین قدرتی منظر میں کچھ ایسا کھویا ہوا تھا کہ مجھے یاد ہی نہیں رہا کہ میں اس وقت کس مقصد سے یہاں آیا ہوں---- ہرنوں کے بہت پیچھے کسی وقت شاید مولانا کا ایک دھندلا سا ہیولا بھی نظر آیا تھا۔ اب مجھے احساس ہوا کہ اصل میں مولانا ہی ہرنوں کو ہانک کر ہماری طرف بڑھا رہے تھے۔ مگر نہ جانے کہاں سے میرے دل میں ایک خیال نے سر ابھارا۔ تھوڑی دیر میں ان میں سے نہ جانے ہم کس کا شکار کر لیں گے۔ قدرت کے بنائے کون سے حسین کھلونے کو توڑ کر زمین پر پٹخ دیں گے۔!''

مجھے کچھ ایسا لگا جیسے بہت دور مولانا کا سایہ ہرنوں کے پیچھے ان کی موت کے بھوت کی طرح منڈلاتا پھر رہا ہے۔ بالکل ایک جادوگر کی طرح جب وہ چاہتے تھے ہرن دوڑ پڑتے تھے، اور شاید

انھی کے کسی اشارے پر رک کر بھی کھڑے ہو جاتے تھے۔ مگران سب کا رخ ہماری طرف ہی رہا۔

چند منٹ دوڑ کر اور لگ بھگ ایک ڈیڑھ کلومیٹر آگے بڑھ کر پورا گلا پھر رک کر کھڑا ہو گیا۔ اب میں ان کے جسم کی ایک ایک نزاکت، بھولی بھولی حرکتوں کی ساری خوبصورتی آسانی سے دیکھ رہا تھا۔ لمبی، خوبصورت کھنچی ہوئی گردن، نازک نازک ٹانگیں، سردار کے بل کھائے اونچے سینگ---- جیسے کسی آرٹسٹ نے چھوٹی چھوٹی بہت سی تصویریں بنا کر جنگل میں بکھیر دی ہوں۔ سردار کے انداز میں وحشت بہت زیادہ تھی۔ جیسے وہ اپنے سایے سے ہی بھڑک جاتا ہو۔ میں اس حسین منظر کی ذرا ذرا سی تفصیل کو اپنے ذہن میں ہمیشہ کے لیے جمالینا چاہتا تھا۔

''اب میرے پیچھے پیچھے کھسکتے چلے آؤ----''! چندا صاحب کا حکم میرے کانوں میں گونجا جواب ٹیلے سے نیچے گھاس کی طرف رینگ رہے تھے۔

''بس، ذرا سی دیر اور.......!''میں نے خوشامد کی۔

''اچھا---- مگر اگلی آواز پر ایک منٹ کی دیر کیے بغیر سینے کے بل میرے پاس رینگ آنا----''انھوں نے اپنی بندوق کی دونوں نالوں میں جھانکتے ہوئے بڑے روکھے سے انداز میں اجازت دی۔

ذرا سی دیر بعد ہرن ایک بار پھر بھڑ کے۔ ادھر چندا صاحب کا حکم بھی گونجا----'' نیچے آجاؤ----''! ادھر سردار نے اپنے دونوں کان جوڑے، گھبرا کر ادھر ادھر دیکھا، اور بجلی کی رفتار سے اسی نالے کی طرف دوڑ پڑا---- زمین جیسے خود بخود اس کے پیروں کے نیچے سے پھسلتی جا رہی تھی---- اور پھر ایک چھلانگ---- مگر یہ کیا!؟ وہ تو ہوا میں اڑ رہا تھا---- ہاں، اسے اڑان کے علاوہ اور کہا بھی کیا جا سکتا ہے۔ اس نے اپنی اگلی دونوں ٹانگوں کو آگے کی طرف اور پچھلی دونوں ٹانگوں کو پیچھے کی طرف جوڑ کر تان لیا تھا۔ پھر زمین پر چاروں ٹانگوں سے کچھ دور دوڑتا۔ اور پھر وہی اڑان جیسے ہوا میں تیر رہا ہو۔

پورا گلا اس کے پیچھے بالکل اسی کی طرح کبھی زمین پر دوڑتا، کبھی ہوا میں تیرتا ہوا تیزی

سے نالے کی طرف بڑھتا رہا۔ اگر اس کی تصویر کھینچی جاتی تو کچھ ہرن زمین پر دوڑتے ہوئے، کچھ اچھلتے ہوئے اور کچھ ہوا میں تیرتے ہوئے نظر آتے---- میرے دل کی دھڑکن اتنی تیز ہوگئی کہ میں خود اس کی آواز سن رہا تھا۔ یہ کچھ ایسا ہی خوبصورت اور انوکھا منظر تھا جسے لفظ صحیح طرح بیان ہی نہیں کر سکتے۔ یا کوئی آرٹسٹ بنا کر پیش کر سکتا تھا یا کوئی مووی کیمرا اپنے اندر اتار سکتا تھا۔

ذرا سی جھلاہٹ کے ساتھ چندا صاحب نے میرا ہاتھ پکڑ کر مجھے نیچے کھینچ لیا۔ بڑی پھرتی سے انہوں نے اپنی دونالی بندوق میں کارتوس ڈالے، پھر زمین پر سینے کے بل لیٹ کر سامنے آنکھیں جما دیں۔ میں بھی آنکھیں گڑائے ادھر ہی دیکھ رہا تھا جہاں پندرہ بیس گز آگے نالے کی دونوں طرف کی دیواریں ذرا نیچی ہوگئی تھیں۔ مگر ہم دونوں کے مقصد میں اب زمین آسمان کا فرق تھا۔ وہ اپنے دو فائروں کے لیے اچھے سے اچھے دو ہرن چننا چاہتے تھے۔ اور میں ان میں سے ایک ایک ہرن کو ہوا میں اڑتے اور تیرتے ہوئے گھنٹوں دیکھتے رہنا چاہتا تھا۔

ایک کھسکھساہٹ---اور سامنے اسی جگہ جہاں نالے کی دیواریں کچھ نیچی ہوگئی تھیں ایک تصویر ابھری۔ نالے کے بائیں طرف پہلا ہرن چاروں ٹانگیں جوڑ کر اوپر اچھلا اور پھر اگلی اور پچھلی ٹانگوں کو ہوا میں سیدھا پھیلا کر، بالکل اڑتے ہوئے اس نے نالے کی چوڑائی پار کی۔ جب اس نے نالے کے دائیں کنارے کو چھوا ہے تو اس کے چاروں کھر زمین پر بالکل جڑے ہوئے اس طرح رکھے گئے جیسے اسے کسی نے آہستہ سے زمین پر رکھ دیا ہے۔ اور پھر وہ تیزی سے آگے دوڑتا چلا گیا۔ میں نے نگاہ پھیری تو تین ہرن اور اسی طرح نالے کے اوپر ہوا میں تیرتے نظر آئے ....

ادھر چندا صاحب کی نال کو جنبش ہوئی، انھوں نے اپنی بندوق کا گھوڑا چڑھایا اور نال کو اپنی اکلوتی آنکھ کی سیدھ میں کرنے کی کوشش کی ادھر میرا ہاتھ بھی ہلا۔ میں نے بھی پوری طاقت سے ان کی نال کو زمین پر دبا دیا۔ ''آپ فائر نہ کیجئے گا۔!'' میں نے سامنے نگاہیں جمائے ہوئے گڑگڑا کر کہا۔

''ایسا کیسے ہوسکتا ہے۔!'' انھوں نے جھنجلاہٹ کے ساتھ بندوق کو میری جکڑ سے آزاد کرنے کی کوشش کرتے ہوئے کہا۔

''نہیں آج نہیں۔!'' میں نے بڑی لجاجت سے کہا،'' آپ جب چاہیں ان کا شکار کر سکتے ہیں۔ مگر آج تو مجھے صرف دیکھنے دیجئے۔''

اور نہ جانے کیوں اور کیسے اس وقت تو ہنسا پر اہنسا کی ہی جیت ہوئی۔ اور وہ فائر نہ کر سکے۔

میرے سامنے پندرہ بیس گز کی دوری پر ہرنوں کے جوڑے تیرتے ہوئے نالے کی چوڑائی پار کرتے رہے اور میں اس منظر کی ناقابل بیان خوبصورتی کو اپنے دل کی گہرائیوں میں اتارتا رہا۔ مگر افسوس کچھ منٹ میں ہی آخری ہرن بھی نالے کو پار کر کے ہماری آنکھوں سے اوجھل ہو چکا تھا، اور اب وہاں ہر طرف اداسی اور سناٹا تھا۔

اب چندا صاحب کی اس وقت کی تڑپ، غصے اور جھنجھلاہٹ کو کن الفاظ میں بیان کروں۔؟----اور مولانا غیبب کی تو سمجھ میں ہی نہیں آ رہا تھا کہ آج سب کچھ ٹھیک ٹھاک ہونے کے بعد بھی چوک کہاں ہوئی! وہ اگر کسی اندھے شکاری کو بھی اتنے بہت سے ہرنوں میں لاکر چھوڑ دیتے تو دو ایک کو تو وہ آہٹ پر ہی گرا دیتا۔

چندا صاحب غصے میں بپھرے سر سے پیر تک کانپ رہے تھے۔ لگتا تھا سارے جسم کا خون ان کے چہرے پر آ کر جم گیا ہے۔ مگر شاید ان 'میزبان' صاحب کی عزت کا خیال تھا، جن کا میں 'معزز مہمان' تھا کہ انھوں نے اپنی بندوق کا گھوڑا دوبارہ نہیں چڑھایا یا اپنی زبان کو ہونٹوں میں بند رکھا۔ جب ہمارے 'میزبان' صاحب نے خود ضد کر کے وجہ معلوم کرنے کی کوشش کی تو انھوں نے صرف اتنا کہا: ''زندگی بھر شکار کھیل کر آج یہ پہلا سبق ضرور سیکھ لیا کہ شکار پر نکلنے سے پہلے یہ ضرور یقین کر لینا چاہیے کہ شکاری کسی آدمی کے ساتھ جا رہا ہے ----یا----یا----کسی 'شاعر' کے ساتھ!''

☆☆

پنّی کی تھیلیاں

''میں اس کتیا کو ضرور مار ڈالوں گا، کسی دن!'' کمال بھونکتی کتیا سے گھبرا کر بشیر کی آڑ میں آ گیا، ''کمبخت مجھ پر ضرور بھونکتی ہے۔''

''کیوں......؟ تجھی پر کیوں بھونکتی ہے؟'' بشیر نے ہنستے ہوئے پوچھا۔

''خدا جانے، مجھ سے ہی کیا ایسا بیر ہے!''

کمال اور بشیر کندھوں پر، پلاسٹک کی بوریوں کو جوڑ جوڑ کر بنائے، میلے کچیلے، بڑے بڑے جھولے لٹکائے کوڑے کے اس کھتے کی طرف بڑھ رہے تھے، جہاں 'پنّی کی تھیلیاں' پلاسٹک کے رنگ برنگے ٹکڑے، زنگ کھایا لوہا، چینی کے ٹوٹے برتن، سائیکل اور اسکوٹروں کے پرانے ٹائر اور کسی شادی کا بچا کھچا کھانا اور نہ جانے کیا کیا کچھ دن بھر میں ڈھیر ہوتا رہتا تھا۔

''دیکھ، ایسا کیا کر۔'' بشیر نے صلاح دی، ''تو کبھی کبھار روٹی کا ایک آدھ ٹکڑا اسے ڈال دیا کر...... اس نے بچے دیے ہیں...... تو نے ضرور انھیں کسی دن چھیڑا ہوگا۔'' بشیر نے مسکراتے ہوئے کچھ تیکھی نظروں سے کمال کو دیکھا اور وہ کچھ جھینپ کر سر کھجانے لگا۔

دونوں تیز تیز آگے بڑھتے رہے۔ تھوڑی سی دیر میں کمال نے پھر بات شروع کی۔ ''یہ گندی سندی چیزیں، کوڑا کباڑ اٹھانا تجھے برا نہیں لگتا بشیر...... مجھے تو سچ مچ بڑی گھن آتی ہے۔''

''لگتا تو ہے......!'' بشیر نے کچھ سوچ میں ڈوبے ہوئے انداز میں کہا، ''پر بھیا کام تو کام ہے...... کوئی دھندا تو کرنا ہی ہے...... پندرہ بیس روپے کمانے کے لیے۔''

''اچھا!'' کمال نے بڑی حیرت سے کہا، ''تو پندرہ بیس روپے کما لیتا ہے......!؟''

''ہاں...... پلاسٹک اور لوہے کے ٹکڑے کچھ اچھے بک جاتے ہیں نا! المونیم تو اور بھی

زیادہ......''

''تو مجھ سے بڑا بھی تو ہے نا......!'' کمال نے بشیر کو اوپر سے نیچے تک دیکھتے ہوئے کہا، ''......اور تیرا تھیلا بھی بڑا ہے!''

''اور تجھے کیا پڑ جاتا ہے ان پنّی کی تھیلیوں سے......؟ کچھ دیر بعد بشیر نے پوچھا۔

''میں اور منی مل کر زیادہ سے زیادہ دس بارہ روپے کی تھیلیاں اکٹھی کر پاتے ہیں۔'' کمال کی آواز میں کچھ مایوسی کی جھلک تھی۔

تھوڑی دیر دونوں چپ چاپ قدم بڑھاتے رہے، پھر کمال نے پوچھا،''ارے ہاں بشیر ......ان پنّی کی تھیلیوں کو کچھ اور بھی تو کہتے ہیں......یہ لوگ......پالی......پالی......کیا؟''

''پالی تھین بیگ!'' بشیر نے ایک ایک لفظ پر زور دے کر کہا۔

کوڑی پر پہنچتے ہی دونوں سیدھے اپنے اپنے کام میں لگ گئے۔ کمال ایک ایک تھیلی اٹھا کر جھٹکتا، خوب ٹھونک ٹھونک کر اسے صاف کرتا اور اپنے تھیلے میں ٹھونس لیتا۔ جب اسے کوئی بڑی تھیلی دکھائی دے جاتی تو جھپٹ کر پہلے اسے ہی اٹھاتا۔ وہ اپنے کام میں ایسا جٹا ہوا تھا کہ اسے بشیر کو ایک بار پلٹ کر دیکھنے کا بھی خیال نہ آیا مگر جب سر جھکائے کام کرتے کرتے وہ ایک دوسرے سے ٹکرا ہی گئے تو کمال نے حیرت سے پوچھا،''یہ تیرا تھیلا اتنے جلدی کیسے پھول گیا؟''

''یہی تو بات ہے پیارے کمال بھائی......!'' بشیر مسکرایا۔ پھر کچھ سمجھاتے ہوئے کہا،''میں پلاسٹک اور لوہے وغیرہ کے ٹکڑے بھی بین رہا ہوں نا''

''اچھا چل بھائی بشیر! اگلے کھتے پر جلدی سے پہنچ جائیں......'' کمال نے تھوڑی دیر بعد کہا، ''اگر کوڑا گاڑی ہم سے پہلے پہنچ گئی تو پھر ہمیں وہاں کچھ نہیں ملے گا۔''

چلتے چلتے کمال نے پوچھا،''تو اپنا کباڑ کسے دیتا ہے......؟ ہمارے یہاں تو روز شام کو ایک آدمی آتا ہے......سائیکل پر......روزانہ اماں سے اس کی جھک جھک ہوتی ہے، پیسوں پر! ویسے اماں پہلے سے ہی ان پنّیوں کو صاف کر کے ان کی تین گڈیاں بنا لیتی ہے......ایک بالکل نئی

پھٹی......ایک چھوٹی مگر صاف......اور تیسری بڑی تھیلیوں کی۔''

''میں تو اپنا سامان خود ہی کباڑی کے پاس لے جاتا ہوں......اگر ایک سے نہیں پٹتی تو دوسرے کو دے دیتا ہوں۔''

دوسری کوڑی کی طرف تیز تیز چلتے ہوئے کمال نے کچھ اداس سے لہجے میں پوچھا،''میں

نے سنا ہے بشیر بھائی!......لوگ کہہ رہے تھے کہ یہ پنیاں بند ہونے والی ہیں......!''

''ہاں سنتے تو ہیں......! تو بھی سنتارہ...... نہ جانے کب سے سنتے آرہے ہیں کہ یہ بند ہو جائیں گی......!''

''مگر کیوں!؟'' کمال نے حیرت سے پوچھا۔

''کہتے ہیں، ان سے بڑا نقصان ہوتا ہے۔'' بشیر نے جواب دیا۔

''نقصان کیا!؟'' کمال کی سمجھ میں بات نہیں آئی، ''ہمیں تو اس میں آسانی ہی دکھائی دیتی ہے۔''

''وہ ہمارے یہاں، نئی بستی میں، ایک بھائی صاحب آتے ہیں ......'' بشیر نے ایک نئی بات شروع کی، ''وہ کچھ پڑھاتے بھی ہیں، بچوں اور بڑوں کو......تو بھی آجایا کرنا......اپنی اماں سے کہہ کر۔''

''ہاں، ہاں...... میں ضرور آؤں گا...... مجھے بھی پڑھنا بہت اچھا لگتا ہے......مگر اس وقت تو تو یہ بتا کہ یہ پنیاں کیوں بند کر رہے ہیں......؟'' کمال کی آواز میں پریشانی اور اداسی صاف جھلک رہی تھی۔

''ارے وہی بھائی صاحب بتا رہے تھے......'' بشیر نے سمجھانے کے سے انداز میں کہا، ''ان سے کئی بہت بری بری بیماریاں پھیل سکتی ہیں......وہ تو اور بھی بہت کچھ بتا رہے تھے...... یہ گلتی سڑتی نہیں ہیں نا...... تو نالیوں اور پائپوں میں پھنس جاتی ہیں...... اور ہاں! وہ تو یہ بھی کہہ رہے تھے کہ اگر یہ بند نہیں ہوئیں، اور اسی طرح چلتی رہیں تو دس بیس برس میں ساری زمین پر پھیل جائیں گی...... سارے کھیتوں، باغوں، ندی، نالوں، تالابوں میں بھی...... ہر جگہ پھیل جائیں گی...... اور پھر کھیتوں میں اناج پیدا ہونا بند ہو جائے گا...... پانی میں مچھلیاں، مینڈک کچھ بھی نہیں رہیں گے......اور......''

''سچ......!!'' کمال کی آنکھیں حیرت سے کھلی کی کھلی رہ گئیں۔ ''پھر کیا ہوگا؟'' کمال کچھ

دیر سہا سہا بشیر کو گھورتا رہا۔ پھر ایک دم خوش ہو کر بولا...... جیسے کوئی بڑے کام کی بات اس کی سمجھ میں آگئی ہو۔ ''تو پھر ان سب کو جلا کیوں نہیں ڈالتے!''

''انھیں جلانا تو اور بھی خطرناک ہے۔'' بشیر نے بتایا۔

''کیوں......!؟'' کمال پر جیسے ناامیدی کی اوس پڑ گئی۔

''یہ لوگ بتا رہے ہیں کہ اس کے دھوئیں سے تو آدمی فوراً مر بھی سکتا ہے۔''

کمال کچھ دیر سہا سہا سا بشیر کو دیکھتا رہا...... ایک جگہ اس کے پیر جم سے گئے تھے۔ ''تو بشیر بھیا...... ہم تو کچھ اور دھندا کر لیں گے...... یہ تو بہت برا کام ہے!''

بشیر نے کمال کی پیٹھ کو ذرا زور سے تھپتھپاتے ہوئے کہا، ''چل چل...... جب یہ بند ہو جائیں گی تو ہم بھی چھوڑ دیں گے یہ دھندا...... ابھی تو سرکاری گاڑی آنے سے پہلے ہم کوڑی پر پہنچ جائیں...... ورنہ آج کی روٹی کا کیا ہوگا!''

''ٹھیک ہے، ٹھیک ہے......! پر میں آج شام سے تیرے یہاں ان بھائی صاحب کی باتیں سننے ضرور آؤں گا۔''

اور دونوں سامنے نظر آتے ہوئے کوڑے کے ڈھیر کی طرف تیزی سے قدم بڑھانے لگے۔

☆☆☆

'جسے اللہ رکھے............'☆

گرمیوں کی چھٹیوں کا زمانہ تھا، چلچلاتی دھوپ میں دن بھر مارے مارے پھر کر اب ہم خود اکتا چکے تھے، چنانچہ طے کیا گیا کہ آج احمد صاحب کو ان کی آپ بیتی کے کچھ واقعات سنانے پر راضی کیا جائے۔

احمد صاحب کافی بوڑھے، مگر اچھی صحت والے پڑھے لکھے بزرگ تھے۔ ہاتھ پیروں اور آواز میں کچھ رعشے کے علاوہ کوئی خاص بیماری بھی نہیں تھی انھیں۔ عام قصوں کہانیوں کے علاوہ ان کی آپ بیتی کے قصوں کو ان سے سننے میں ہماری ٹولی کو ایسا مزہ آتا تھا جیسے ڈرامہ دیکھ رہے ہوں۔ اور اگر ہم کوئی بدتمیزی شیطانی یا ان کی صاف ستھری طبیعت کے خلاف کوئی حرکت نہ کریں تو وہ گھنٹوں مزے مزے کے قصے سناتے رہتے تھے۔ ان سے جنگلوں، بیابانوں، کھیتوں، کھلیانوں اور گاؤں کے کچھ قصے سن کر شہر کے اونچے اونچے پنجرے جیسے فلیٹوں میں پھنسے ہم لوگوں کو ان ویران اور سنسان جگہوں سے کچھ محبت سی ہو گئی تھی، جن کا وہ اکثر ذکر کیا کرتے تھے۔ جب وہ کھلی فضا، سنسان میدانوں، بہتے ندی نالوں اور پہاڑوں کے قصے سناتے تو ہمارا جی چاہتا کہ کاش کبھی ہمیں بھی ایسی کھلی فضا میں سانس لینے کا موقع مل جائے۔ اب تو یہ منظر ہمیں خوابوں میں ہی، کبھی کبھی نظر آجاتے تھے...... وہ بھی ان سے ان کے قصے سننے کے بعد۔

جب ان سے قصے سننے کی محفل جمتی تو ہم اپنی بہنوں کو بھی بلا لیتے، چنانچہ آج بھی آٹھ دس لڑکوں اور لڑکیوں کی ہماری ٹولی مقررہ وقت پر ان کے یہاں موجود تھی۔ حقہ، پان، تمباکو وغیرہ، اپنی

☆ یہ ایک سچا قصہ ہے جسے خود احمد صاحب نے مجھے کافی پہلے سنایا تھا اور ان پر یہ حادثہ ان کی جوانی میں گزرا تھا، جس کا مطلب ہوا کہ اب سے کوئی اسی نوے برس پہلے یا ۲۰۔۱۹۱۰ء کے درمیان کی بات ہوگی۔

ضرورت کی تمام چیزیں اپنے پاس رکھ کر احمد صاحب نے شروع میں کچھ لرزتی سی آواز میں بات شروع کی...... مگر کچھ بعد میں ان کی آواز میں کافی ٹھہراؤ آ گیا۔

''دیکھو، تم میں جو پرانے بچے بچیاں ہیں وہ تو جانتے ہی ہیں، لیکن نئے بچے یہ بات اچھی طرح سمجھ لیں کہ قصے کے بیچ میں کوئی مجھے نہ ٹوکے۔ میرے خیالات کا تار ٹوٹ جاتا ہے، اور اب میں خود اپنی بات کچھ بھولنے بھی لگا ہوں۔

''تو صاحب...... یہ بات ہے میری جوانی کی......!'' اور ان لفظوں کے ساتھ ان کی آنکھوں میں چمک کچھ بڑھ گئی...... ''یعنی اب سے کوئی ساٹھ سال پہلے کی...... افوہ...... زمانہ کتنا بدل گیا...... لگتا ہے وہ کوئی اور ہی دنیا تھی......!'' ذرا سی دیر وہ چپ رہے، جیسے کچھ یاد کرنا چاہتے ہوں......

''خیر چھوڑو اسے...... میں اس وقت نہر کے محکمے میں پٹرول تھا...... مگر تم تو 'پٹرول' بھی نہیں جانتے ہو گے......!'' انھوں نے شاید ہماری سوالیہ نگاہوں کو پڑھ لیا تھا، ''نہروں سے کھیتوں کو پانی پہنچایا جاتا ہے۔ کس کو کتنا پانی پہنچا...... وہاں کون سی فصل اگی، کتنا لگان لگنا چاہیے...... بس اس کا حساب کتاب پٹرول ہی رکھتا ہے...... سمجھے......! خیر...... تو ہم دن بھر کھیتوں کھیتوں گھومتے پھرتے، کسانوں سے ملتے...... ہاں...... تو میں کہہ رہا تھا کہ میں پٹرول تھا، اور میری سرکاری 'چوکی' جس میں ایک کچا پکا کمرہ تھا اور میرے ہاتھ کی لگائی ہوئی باڑھ سے گھرا ہوا ایک صحن تھا، یہ نہر کے کنارے پر بالکل ویرانے میں تھی...... ''اچھا دیکھو!'' انھوں نے کچھ بدلے ہوئے لہجے میں کہا، ''پہلے میرے اس قصے کے 'جغرافیے' کو تم اچھی طرح سمجھ لو، تبھی تمھیں اس میں مزہ آئے گا اور کچھ حیرت بھی ہوگی...... اور ممکن ہے تم ہی ان سوالوں کا جواب ڈھونڈ لو جو میں اب تک نہیں تلاش کر پایا۔''

احمد صاحب نے ماچس کی ایک تیلی سے فرش پر ایک نقشہ سا کھینچتے ہوئے کہا، ''فرض کرو...... یہ سیدھی نہر جا رہی ہے۔ اس کے بائیں کنارے پر یہ میری 'چوکی' ہے...... کوئی ایک میل آگے بڑھ کر......! اگر ٹھہرو!'' انھوں نے ذرا دیر رک کر کہا، ''اب تو تم میل بھی نہیں کہتے ہو...... وہ کیا نام ہے......؟''

''کلومیٹر......!'' کسی نے یاددلایا،''یہ آدھے میل سے کچھ زیادہ ہوتا ہے۔''

''خیر......تم جانو یہ کلومیٹر ولومیٹر......تو صاحب، بڑی زوردار بارشیں ہورہی تھیں۔ کئی دن ہوگئے تھے، آسمان دیکھے ہوئے......ایک شام میرے گھر سے میرے بھائی مجھ سے ملنے آئے۔ مجھے بہت خوشی ہوئی، چوں کہ اپنی چوکی میں اکیلے رہتے اور کسی آدمی سے بات کیے ہوئے کئی دن ہوگئے تھے۔ مگران کے آنے کے کچھ ہی منٹ بعد ایک ہرکارا......یعنی سرکاری چپراسی آیا۔ ایک سرکاری حکم لے کر، جسے مجھے اگلے دن ہی اپنے سارے علاقے کے دس گاؤں میں پہنچانا تھا اور اس سے اگلے دن اپنے صدر دفتر کو رپورٹ بھیجنی تھی......میری ساری خوشی خاک میں مل گئی۔

''ارے ہاں......میں تو پہلے تمھیں اس واقعے کا 'جغرافیہ' سمجھانا چاہتا تھا......نہر کی بائیں پٹری پر کوئی میل بھرآگے چل کر اگر بائیں طرف ہی نیچے اتر جائیں، تو میرے علاقے کے گاؤں کا سلسلہ شروع ہو جاتا تھا۔ کھیتوں کھیتوں یا بٹیا بٹیا چلتے ہوئے ایک سے دوسرا گاؤں کم یا زیادہ ایک ڈیڑھ میل کے فاصلے پر رہا ہوگا......اتفاق کی بات یہ تھی کہ میرے علاقے کے دس گاؤں۔'' انھوں نے فرش پر ماچس کی تیلی سے ایک آدھا دائرہ کھینچ کر بتایا،''پہلی دوسری کے نئے چاند کی سی شکل بناتے تھے......آخری یعنی دسواں گاؤں نہر کی پٹری سے پھر کوئی دو ڈھائی میل دوری پر تھا۔ اور وہاں سے اپنی چوکی پر پہنچنے کے لیے نہر کی پٹری پر، کوئی چار میل چل کر واپس آنا ہوتا تھا۔

''سمجھے......!اس طرح......اگلے دن مجھے کل ملا کر کوئی پندرہ سولہ میل......یعنی تمھارے حساب سے کوئی پچیس چھبیس کلومیٹر چلنا تھا......ویسے یہ کوئی انہونی بات نہیں تھی......مگر سخت بارشیں اور میرے بڑے بھائی کا گھر پر اکیلے ہونا......بس یہ دو چیزیں ذرا کھل رہی تھیں۔

''صبح بہت سویرے بھائی صاحب سے معافی مانگ کر اور جلدی سے جلدی واپسی کا وعدہ کر کے میں اپنے سفر پر نکل لیا......گھنے کالے بادل دور دور تک پھیلے ہوئے تھے مگر بارش نہیں ہو رہی تھی۔ اس وقت میں خاکی برجس جیسا پاجامہ، فیتوں سے بندھے مضبوط جوتے، برساتی اور اسی کا ایک کنٹوپ سر پر پہنے ہوئے تھا۔ کبھی ہلکی، کبھی تیز بارش کے علاوہ میرے سفر میں شروع میں

کوئی رکاوٹ پیش نہیں آئی، اور میں ایک ایک گاؤں میں ہوتا، دس پانچ منٹ بیٹھ کر دم لیتا، آگے بڑھتا چلا گیا۔ میں جس گاؤں میں بھی پہنچتا، وہاں لوگ چوپال پر ہی بیٹھے مل جاتے، کیوں کہ اتنی بارشوں میں کھیتوں میں کوئی کام نہیں ہوتا۔ گرم دودھ یا تازے پکوان سے کہیں کہیں میری خاطر بھی ہوئی۔ پھر بھی میں اپنا دورہ کافی تیزی سے پورا کر رہا تھا تاکہ دن چھپنے سے پہلے میں کھیتوں سے نکل کر واپس نہر کی پٹری پر آ جاؤں جو پکی سڑک کی طرح تھی...... اس طرح میں رات میں بھی سیدھا اپنی چوکی پر پہنچ سکتا تھا۔

''جب میں اپنے علاقے کے ساتویں گاؤں میں پہنچا تو میرا خیال تھا کہ تین چار بجے ہوں گے...... گھڑی تو اس زمانے میں گاؤں میں کیا شہر میں بھی دو چار کے پاس ہی ہوتی تھی...... اس گاؤں سے نکلتے نکلتے ایک ایسی کالی گھٹا میرے سامنے سے اٹھی کہ کھلے میدانوں اور کھیتوں پر بھی اندھیرا چھا گیا۔ گاؤں والوں کے روکتے روکتے بھی میں آٹھویں گاؤں کی طرف بڑھ گیا...... وہ بہت قریب تھا...... آٹھویں گاؤں میں کام ختم کر کے جب چلا تو بڑے زور کی بارش شروع ہو چکی تھی...... اس گاؤں والوں نے بھی مجھے روکنے کی بہت کوشش کی، مگر میں کیوں رکتا۔ کچھ لوگ میرے ساتھ گاؤں سے باہر تک آئے۔ گاؤں کے ایک بوڑھے کسان نے اس گاؤں کے آخری کھیت کی مینڈھ پر آ کر کہا۔

''منشی جی...... تمھیں معلوم ہی ہے کہ اگر بٹیا بٹیا جاؤ تو تمھیں اگلے گاؤں تک پہنچنے کے لیے کوئی دو میل چلنا ہوگا...... مگر اگر تم ہمارے بتائے ہوئے اس رستے سے جاؤ گے تو تمھیں آدھے سے بھی کم چلنا پڑے گا اور تم اس گاؤں میں پہنچ جاؤ گے۔ جہاں تم اس وقت کھڑے ہو، بس یہیں سے اوسر☆ کی پٹی شروع ہو رہی ہے...... تمھیں اس کی چوڑائی کو ناک کی سیدھ میں پار کرنا ہے۔ بس کوئی آدھے میل چوڑی پٹی ہوگی، مگر دیکھو سیدھے جانا، کہیں ادھر ادھر مت گھوم جانا۔'

''میں اس اوسر کی پٹی سے کئی بار پہلے بھی گزر چکا تھا۔ اس کی لمبائی کا تو پتہ نہ تھا، مگر اس کی

☆ اوسر: بنجر زمین، جس میں چھوٹی موٹی جھاڑیوں کے علاوہ کچھ نہیں اگتا۔

چوڑائی کے بارے میں میں نے سنا تھا کہ کہیں تو ایک میل سے بھی کم تھی اور کہیں یہ کئی میل چوڑی تھی۔ خیر میں پورے بھروسے سے چل پڑا۔ اس وقت میرے پیر اچھی خاصی سخت زمین پر پڑ رہے تھے۔ پانی ٹخنوں ٹخنوں ہونے کی وجہ سے میری رفتار کچھ کم ضرور تھی۔ بارش آسمان سے دھوئیں کی طرح برس رہی تھی...... بوندوں کی آواز کا بھی ایک تار سا بندھا ہوا تھا۔ چاروں طرف پھیلے

اندھیرے سے بے خبر، جلدی سے جلدی اپنی منزل پر پہنچنے کی دھن میں ڈوبا، میں 'اپنی ناک کی سیدھ' میں تیز تیز قدم بڑھاتا رہا...... چلتا رہا...... چلتا رہا...... پھر یکایک مجھے خیال آیا...... 'میں کتنی دیر سے چل رہا ہوں!' اگر میں سیدھے راستے سے بھی جاتا تو کب کا اس گاؤں میں پہنچ چکا ہوتا!'...... میں نے غور سے آگے دیکھا...... مگر اگلے گاؤں کے 'پیڑوں کی وہ پٹی'، جس کو پچھلے گاؤں والوں نے کہا تھا، وہ تو کہیں بھی نظر نہیں آ رہی تھی...... بارش اتنی تیز ہو رہی تھی کہ تین چار گز سے آگے کچھ دکھائی نہیں دے رہا تھا...... میں چلتا رہا، چلتا رہا...... پیروں کے نیچے وہی سخت سی زمین...... کہیں کہیں کوئی معمولی سا گڈھا یا کچھ اٹھی ہوئی زمین...... اور کچھ بھی نہیں...... نہ کھیت، نہ کھیت کی مینڈھیں......!

''اور پھر نہ جانے اور کتنی دور چلنے کے بعد میں رک کر کھڑا ہو گیا...... مجھے خیال آیا کہ پچھلے گاؤں کے بعد سے اب تک شاید میں ڈیڑھ دو گھنٹے تو ضرور چلا ہوں گا...... یا شاید اس سے بھی زیادہ...... اب تو مجھے وقت کا اندازہ بھی ختم ہو گیا تھا...... 'یا اللہ میں کہاں ہوں!؟'...... 'لوٹ جاؤں؟' میں نے سوچا...... 'مگر کدھر!؟ اگر میں بھٹک ہی گیا ہوں تو اب پچھلا گاؤں ہی مجھے کیسے مل جائے گا......؟'' بیٹھ جاؤں!'...... 'کاہے کے لیے...... کب تک بیٹھا رہوں گا...... کون آئے گا رات کے گھٹا ٹوپ اندھیرے کے علاوہ مجھے اٹھانے!؟'

''آخر میں پھر بڑھا...... کس طرف اور کیوں......؟ مجھے خود بھی پتہ نہیں تھا۔ شاید صرف اس لیے کہ نہ چلتا تو کیا کرتا؟ اس لیے میں چلتا رہا۔

''اور پھر یکایک...... یہ کیا ہوا؟ میرا پیر زمین سے نہیں لگا...... میں لڑکھڑایا اور ایک گڈھے میں لڑھک گیا...... شکر ہے کھڑے ہونے کی کوشش کی تو پیر زمین سے لگ گئے۔ ہاتھ پیروں سے ٹٹولتا ہوا گڈھے سے باہر آیا۔ اب تو سیدھا چلنے کا گمان بھی جاتا رہا...... نہ جانے میں کس طرف کھڑا ہوا تھا؟

''میری ہمت جواب دینے لگی...... نہ وقت کا اندازہ، نہ جگہ کا...... بہر حال میں پھر چلنے

لگا...... بے ارادہ...... جیسے میرے پیر خود بخود اٹھ رہے ہوں۔ گھپ اندھیرے اور سنسناتے ہوئے سناٹے میں......

''اور پھر ایک لمحے کے لیے مجھے لگا...... جیسے میں ہوں ہی نہیں...... میرے پیروں کے نیچے زمین بھی نہیں ہے...... کچھ لمحے ایسا لگا کہ میرا سر بھی پانی کے اندر ہے۔ میں نے گھبرا کر کھڑے ہونے کی کوشش کی...... شکر ہے کم سے کم اگلا سانس تو ہوا میں ہی تھا...... میں نے خود کو سنبھال کر آگے بڑھنے کی کوشش کی...... مگر یہ کیا......!؟ میری ٹانگیں ہل تک نہیں، جیسے ہیں ہی نہیں...... جسم کا صرف اوپر کا حصہ ہے...... پھر لگا کہ گھٹنوں سے نیچے میری ٹانگوں کو کسی نے جکڑ لیا ہے۔ میں نے اپنے ایک پیر کو اس جکڑ سے چھڑانے کے لیے پوری طاقت لگا کر اوپر کھینچا...... دایاں پیر باہر نکلا تو اندازہ ہوا کہ میں نے اتنا زور لگایا تھا کہ فیتے سے اچھی طرح کسا ہوا میرا جوتا پیر سے نکل چکا ہے...... مگر اس سے بھی زیادہ حیرت اور خوفناک بات...... سیدھا پیر باہر آنے کے ساتھ ساتھ میری بائیں ٹانگ ران تک کسی چیز میں اندر دھنسی ہوئی محسوس ہوئی اور پانی میری کمر تک آ گیا...... شروع میں کچھ سمجھ میں نہ آیا...... مگر پھر جلدی ہی اندازہ ہو گیا کہ میں دلدل میں پھنس گیا ہوں...... میں نے جو کچھ کبھی سنا تھا، وہ ساری بات میری سمجھ میں آ گئی...... میری بائیں ٹانگ ران تک دلدل میں ہے، اور دوسری مڑی ہوئی ہے، اور وہ بھی اب آہستہ آہستہ دلدل میں دھنستی جا رہی ہے۔

''مجھے بزرگوں سے سنی باتیں یاد آئیں...... 'دلدل خود بخود چیزوں کو اندر کھینچتی ہے، دلدل سے نکلنے کا صرف ایک طریقہ ہے...... چت لیٹ جاؤ......!' مگر پانی تو اب میری کمر کمر تھا اور ایک ٹانگ ران تک پھنسی ہوئی تھی۔ ایسے میں لیٹنے کی کوشش کا مطلب تھا ڈوبنا...... پھر بارش...... جیسے دھار سے پانی گر رہا ہو۔

''دو چار منٹ میں ہی یہ بات اچھی طرح میری سمجھ میں آ گئی کہ میرا آخری وقت آ پہنچا ہے......اسی ویرانے میں، جہاں نہ کوئی دیکھنے والا ہو گا، نہ میری اس حالت کو کسی کو بتانے والا......! پھر میں نے وہ ساری دعائیں پڑھنی شروع کر دیں جو مجھے یاد تھیں...... میرے گھر کے لوگوں کی

صورتیں، ایک ایک کر کے میرے سامنے آنے لگیں۔ میری اماں، بہنیں، بھائی، سارے عزیز، دوست مگر اس وقت کوئی میری مدد نہیں کرسکتا تھا...... کسی کو کبھی کچھ پتہ بھی نہیں چلے گا کہ میں کہاں چلا گیا۔ مجھے آسمان نے کھینچ لیا یا زمین نے نگل لیا!

''اور پھر شاید میں اونگھ گیا، یا ممکن ہے بے ہوش ہو گیا ہوں...... میں کتنی دیر اس حالت میں رہا، کچھ پتہ نہیں...... لیکن جب میں چونکا تو مجھے افسوس ہوا...... کاش میں تھوڑی دیر اور بے ہوش ہی رہتا چوں کہ پانی اب میری گردن تک پہنچ چکا تھا...... بس چند ہی منٹ میں پانی میرے منہ اور ناک میں گھسنا شروع ہو جائے گا، اور بس......!

''آخری سہارا...... میں نے زور زور سے آوازیں دینا اور چیخنا شروع کر دیا...... جان بوجھ کر یا بے اختیار... کون جانے! میں نے اللہ کو پکارا، ان بزرگ ہستیوں کو یاد کیا جن کے نام بچپن میں اماں نے یاد کروائے تھے...... اور پھر اپنی آواز کی آخری حد پر میں چلایا...... 'کوئی ہے......! ارے کوئی ہے......!!'

''پانی پر بوندوں کی ٹپ ٹپ کے علاوہ کوئی گونج بھی سنائی نہ دی...... مگر میں پکارتا ہی رہا اس کے علاوہ میں کر بھی کیا سکتا تھا... لیکن پھر مجھے کچھ شبہ سا ہوا... کیا یہ موت کے فرشتے کا جواب تھا کہ 'ہاں میں آ گیا ہوں؟'

''میں اور زور سے چلایا... 'ادھر ادھر...... میں یہاں ہوں ...... میں ڈوب رہا ہوں......!' میں چلاتا رہا، جیسے یہ آواز ہی مجھے بچا لے گی...... لیکن پھر کچھ آوازیں، کچھ قریب سے ہی آتی محسوس ہوئیں۔

'''کہاں ہے......؟' یہ آواز انسانی ہی تھی۔

'''ادھر، ادھر...... جلدی کرو!

'''رک تو سہی!' کسی نے شاید لاٹھی سے زمین کو ٹٹولتے ہوئے کہا۔

'''جلدی کرو، جلدی...... پانی میرے ہونٹوں تک آ چکا ہے......!' اور پانی کو منہ میں گھسنے

سے روکنے کے لیے پوری طاقت سے میں نے اپنی گردن کو پیچھے کی طرف اکڑا لیا۔

'''ارے یہ تو شاید کسی کچی کوئیاں کے جھیرے☆ میں پھنس گیا ہے، کسی ایک نے کہا..... 'دیکھ ہم لاٹھی بڑھاتے ہیں..... اسے بیچوں بیچ سے پکڑ لینا..... سمجھا.....!'..... 'تو ادھر جا'، آواز نے اپنے ساتھی سے کہا۔

''لاٹھی کی لوہے کی نوکیلی شام، میرے سینے پر لگی..... میں تڑپ گیا، مگر ایک لفظ بھی منہ سے نہ نکلا..... میں نے لاٹھی کے بیچ میں دونوں ہاتھوں کی انگلیاں پھنسا کر اسے مضبوطی سے پکڑ لیا۔ اس کا دوسرا سرا میرے پیچھے کسی دوسرے نے تھام لیا تھا..... پھر گہرے گہرے سانسوں کی آوازیں آئیں..... میرا جسم..... ایسا لگا جیسے اوپر نیچے، دونوں طرف سے، پوری طاقت سے کھینچا جا رہا ہو..... لگ رہا تھا، میری ہڈیاں چیخ کر ٹوٹ جائیں گی..... میں نے اپنی بھیگی انگلیوں سے بے کنڈے کو بنائے رکھنے کی اپنے بس بھر کوشش بھی کی..... پھر بھی انگلیاں آہستہ آہستہ پھسلتی رہیں..... آخر پانی میں زوردار چھپاکے کی آواز..... انگلیاں کھل گئیں اور میرے ہاتھوں سے لاٹھی چھوٹ گئی..... ان دونوں میں سے شاید کوئی لڑھکتے لڑھکتے بچا..... ان کے برا بھلا کہنے کی آوازیں میرے کانوں میں آئیں..... مگر مجھے لگا میں سینے تک باہر آچکا ہوں۔

'''چھوڑ..... مرنے دے اسے.....!' کسی نے جھنجلا کر کہا..... 'ایسے تو یہ ہمیں بھی مارے گا!'

'''خدا کے واسطے.....!' میں گڑگڑایا، 'ایک بار اور کوشش کرلو..... میں تھوڑا باہر آگیا ہوں!'

'''اچھا.....! اب ہم دو لاٹھیاں دے رہے ہیں.....!' جیسے کوئی غرایا، 'انھیں اپنی بغلوں میں ڈال کر دوسرے سرے پیچھے دے دے.....!'

'''اور ایک بار پھر میری ایک ایک ہڈی، رگیں پٹھے اوپر نیچے، دونوں طرف سے، کھنچنے شروع ہوئے..... شاید پہلے انھوں نے دونوں طرف سے لاٹھیوں کے سرے اپنے ہاتھوں سے اوپر اٹھائے..... ان کے بھاری بھاری سانسوں کی آوازیں آرہی تھیں..... پھر جب میں کچھ اور

☆ جھیرا: پرانا کنواں جو دھنس گیا ہو۔

اوپر آ گیا تو شاید بیٹھ کر انھوں نے وہ سرے اپنے کندھوں پر رکھ لیے...... 'چل کھڑا ہو بھائی......! ہوں!!' ایک نے دوسرے سے کہا...... اور پھر ایک زوردار جھٹکے کے ساتھ آخر اس 'دلدلی' قبر نے میرے جسم کو چھوڑ ہی دیا......!

''شکار کیے ہوئے جانور کی طرح میں دونوں لاٹھیوں میں لٹکا ہوا تھا...... میرے پیر اب بھی پانی میں تھے۔ وہ اسی طرح مجھے لٹکائے لٹکائے دو تین قدم ایک طرف کو ہٹے، اور آخر میرے پیر زمین کو چھو گئے...... میں سیدھا کھڑا ہونے کی کوشش میں لڑھک کر بیٹھ گیا۔

''لیکن ابھی جسم کیا، میرے حواس بھی قابو میں نہیں آئے تھے کہ مجھے لگا کہ ان دونوں نے ایک طرف کو چلنا شروع کر دیا ہے...... 'بھائیو...... رکو......!' میں چیخا، 'خدا کے واسطے ذرا سا رک جاؤ، میں ابھی سیدھا کھڑا ابھی نہیں ہو سکتا!' اب میری آواز آنسوؤں سے رندھی ہوئی سی نکلی۔

''' اچھا، تو جب ٹھیک ہو جائے تب چلے جانا......!' ایک نے سوکھا سا جواب دیا، 'تجھے جانا کہاں ہے؟' دوسرے نے پوچھا۔

''' لالو پور!' میں نے اپنے علاقے کے نویں گاؤں کا نام بتایا، جہاں کے لیے میں اپنے آٹھویں گاؤں سے چلا تھا۔

''' لالو پور......!؟' اس نے حیرت سے پوچھا، 'یہاں تو دور دور لالو پور نام کا کوئی گاؤں نہیں ہے......!

''' اچھا تو تم مجھے کسی بستی میں ہی پہنچا دو......!' میں نے خوشامد کی، 'مگر خدا کے واسطے ذرا سا ٹھہر جاؤ!'

'''نہیں...... ہم ٹھہر نہیں سکتے......!' کسی نے کہا اور پانی میں ایک طرف قدم بڑھنے کی آواز آئی...... مجبور، میں اٹھا...... میرے ایک پیر میں جوتا تھا اور دوسرا خالی...... پورے جسم کا ایک ایک جوڑ ٹوٹا سا لگ رہا تھا۔ بارش اب لگ بھگ رک چکی تھی۔ اندھیرے میں مجھ سے کوئی تین چار قدم آگے دو سائے سے چلتے نظر آ رہے تھے۔ اب ہم شاید پانی سے ڈھکی کسی پگڈنڈی پر چل رہے

تھے..... جب وہ مجھ سے کچھ زیادہ دور ہو جاتے تو میں پکارتا..... 'بھائیو، ذرا ٹھہرو!' وہ ذرا سا رکتے، مگر فوراً ہی پھر چل پڑتے۔

''دور، بہت دور، آسمان میں پھیلی کچھ روشنی بھی نظر آئی..... میں طے نہ کر سکا کہ یہ مشرق میں پو پھٹنے کی مدھم سی چمک ہے یا شام کے سورج ڈوبنے کی ہلکی سی آخری جھلک۔

''اب ہم کسی بستی کے پاس تھے..... کیوں کہ کتوں کے بھونکنے کی آوازیں آنے لگی تھیں۔ دو ایک جگہ کتے بالکل مجھ پر بھونکے... مگر میں آج تک حیران ہوں... کہ کتے صرف میری ہی طرف دیکھ کر بھونکتے تھے.... ان دونوں کی طرف دیکھتے تک نہیں تھے..... جیسے وہ وہاں تھے ہی نہیں، یا ان کے جسم بالکل شفاف ہوں کہ اندھیرے میں انھیں دیکھا ہی نہ جا سکے۔

''وہ گاؤں کے پہلے دروازے پر رکے انھوں نے زور سے کھٹکھٹایا.....اندر سے مردانہ آواز آئی: 'کون ہے.....؟'

'''اسے گاؤں کے مکھیا کے پاس پہنچا دے.....!' دونوں میں سے ایک نے بڑی رعب دار آواز میں حکم سنایا۔ مجھے تو وہ آواز بھی کچھ عجیب سی لگی جیسے وہ میرے پاس سے نہیں، کہیں دور سے آ رہی ہو اور دروازہ کھلنے کا انتظار کیے بغیر وہ تیزی سے آگے بڑھے اور اندھیرے میں غائب ہو گئے ....اور میں آج تک اپنے ان محسنوں کا شکریہ ادا کرنا تو کیا ان کی صورت تک نہ دیکھ پایا جو اگر دو منٹ اور دیر سے وہاں پہنچتے تو نہ کوئی یہ داستان سنانے والا ہوتا نہ تم جیسے سننے کے شوقین.....''

احمد صاحب کچھ دیر خاموش رہے۔ ہم لوگوں پر بھی جادو سا ہو گیا تھا، کسی کی زبان سے کچھ نکل ہی نہیں رہا تھا۔ کچھ دیر بعد انھوں نے خود ہی کہنا شروع کیا۔

''اس پورے واقعے میں یوں تو کئی باتیں اب تک میری سمجھ میں نہیں آئیں ... جیسے اس شام میں کتنا چلا؟... کتنی دیر دلدل میں پھنسا رہا... اور وہ دو لوگ جنھوں نے مجھے نکالا وہ سچ مچ انسان تھے یا اللہ نے مجھے بچانے کے لیے دو فرشتے بھیجے تھے، جنھوں نے مجھے اپنی صورت تک نہیں دیکھنے دی.....شاید اسی لیے گاؤں کے کتے مجھے دیکھ سکتے تھے، لیکن انھیں نہیں دیکھ سکتے تھے

لیکن سب سے زیادہ حیران میں اس گاؤں پر ہوں جہاں میں اس صبح تڑکے پہنچایا گیا تھا...... تمھیں یاد ہے نا کہ میں اپنے علاقے کے' آدھے دائرے' والے آٹھویں گاؤں تک تو پہنچ ہی چکا تھا، اور نویں گاؤں کی طرف بڑھ رہا تھا، جو وہاں سے ڈیڑھ دو میل سے زیادہ دور نہیں تھا...... لیکن صبح کو جہاں میں پہنچا وہ میرے نقشے کے آدھے دائرے میں چوتھے اور پانچویں گاؤں کے بیچ میں کوئی چار پانچ میل اور بائیں طرف ہٹ کر تھا...... نہ وہ میرے علاقے میں تھا نہ کبھی میں وہاں گیا تھا۔"

اور ہماری ٹولی میں سے کسی نے اٹھتے ہوئے کہا: "وہ کہاوت کتنی سچی ہے...... 'جسے اللہ رکھے اسے کون چکھے'۔"

☆☆☆

نئی دنیا

(ایک خط)

جھگی نمبر۔۱۳

نئی بستی

پیارے اسلم بھیا ..... سلام

تم بہت یاد آتے ہو، چلتے وقت میں نے تم سے وعدہ کیا تھا کہ میں دلی آ کر اس دنیا کی نئی نئی باتیں تمھیں بتاؤں گا، مگر لکھنے میں بہت دیر ہو گئی۔ چلو اسے بھول جاؤ، اور اب سنو۔

سچی بات یہ ہے اسلم بھیا کہ گاؤں سے چلتے وقت شہر آنے کے لیے میں جتنا خوش تھا، اب نہیں ہوں ..... اب تو گاؤں کے کھیت، باغ، اکیہ، املی کا پیڑ، سرسوں کے پیلے پیلے کھیت اور تم سب بہت یاد آتے ہو ..... سچ بتاؤں، کبھی کبھی تو میں رونے لگتا ہوں رات کو ..... مگر آواز نہیں نکالتا، اماں کی وجہ سے کہ وہ دکھی نہ ہوں اور ہاں بتاؤ، تم تو اب بھی اسکول جاتے ہو نا!

ہمارا نیا گھر ریل کی پٹریوں کے کنارے کنارے، دور تک پھیلی ایک بستی میں ہے۔ اس کو 'نئی بستی' کہتے ہیں۔ اماں نے اور میں نے مل کر اسے بانسوں، ٹاٹ، پلاسٹک اور ٹین کے ٹکڑوں کو جوڑ جوڑ کر بنایا تھا۔ چنی بچاری نے بھی ہماری مدد کی تھی۔ یہاں سب گھر ایسے ہی ہیں۔ انھیں لوگ 'جھگی' کہتے ہیں۔ گاؤں میں تو جھونپڑی ڈالتے ہیں ..... یہاں پھونس ہی نہیں ہوتا، کیسی عجیب جگہ ہے!

ایک دن کیا ہوا، میری آنکھ لوگوں کے زور زور سے بولنے کی آواز سے کھلی۔ پتہ چلا نل پر لوگ لڑ رہے ہیں۔

"یہ نہانے کی جگہ نہیں ہے۔" ایک آدمی زور سے بولا۔

"نل پر نہیں نہائیں گے تو کیا تیرے سر پر نہائیں گے......!" نہانے والے نے بالکل انڈے جیسی گنجی ٹانٹ والے سے کہا تو مجھے ہنسی آگئی۔ بتاؤ کوئی کسی کی گنجی کھوپڑی پر بیٹھ کر نہا سکتا ہے؟ مگر ایک بات تو ہے، میں نے سوچا...... ایک بالٹی سے ایک ساتھ دو آدمی نہالیں گے۔ پانی بھی کم خرچ ہوگا۔

لوگ کہہ رہے تھے، یہ آدمی شراب پیتا ہے اور سب سے لڑتا جھگڑتا رہتا ہے۔ یہاں نل تو لگے ہیں، مگر بہت دور دور...... دن بھر ان میں پانی بھی نہیں آتا۔ صبح شام جب آتا ہے تو ان پر بہت بھیڑ ہو جاتی ہے...... میں اور اماں تو رات کو ہی بھر لیتے ہیں۔ گاؤں میں تو کنویں پر، یا وہ جو لمبے لمبے نل لگے تھے، کچھ دن پہلے، ان پر تو ہم نے کسی کو لڑتے جھگڑتے نہیں دیکھا۔

ارے ہاں اسلم بھیا!...... یہاں کی سب سے بری بات یہ ہے کہ یہاں نہ گلی ڈنڈا کھیلنے کے لیے کوئی کھلا میدان ہے، نہ کائی ڈنڈا کھیلنے کے لیے کوئی گھنا پیڑ...... بس کانٹوں والے دو ببول کے پیڑ ہیں...... کھیل میں کھیل، بس گولی میچ، جسے ہم لوگ کسی جھگی کی آڑ میں کھیلتے ہیں۔ سنا ہے کہ کچھ لوگ چھپے چوری کہیں تاش بھی کھیلتے ہیں۔

بستی کے دونوں طرف دور دور تک بس ریل کی پٹریاں ہی دکھائی دیتی ہیں۔ لگتا ہے جیسے وہ آگے جا کر پتلی ہوتے ہوتے ایک دوسرے میں مل جاتی ہیں۔ پتہ نہیں کیوں، ان پٹریوں کے ساتھ ساتھ دور تک کانٹے والے تار لگا رکھے ہیں...... جی چاہتا ہے ان پٹریوں کو کبھی چھو کر دیکھوں۔ میں نے ریل کا ڈبہ تو گاؤں سے آتے میں اچھی طرح دیکھ لیا تھا، اس میں پیخانہ بھی ہوتا ہے...... پر انجن اندر سے دیکھنے کو بہت جی چاہتا ہے۔

بازار تو ہمارے گھر سے بہت دور ہے، مگر یہاں کے رہنے والوں نے اپنے گھروں میں ہی چھوٹی چھوٹی دکانیں کھول رکھی ہیں۔ اور ہاں، یہاں شاید کوئی اسکول ہے ہی نہیں۔ پر مجھے تو اسکول جانا بہت یاد آتا ہے...... وہ راستے والی جھربیری اور کروندے کی جھاڑیوں میں بیر اور کروندے

آئے تھے کیا اس سال؟ میرے تو منہ میں پانی بھر آیا ان کو یاد کر کے۔ میں تم سے شرط بدتا ہوں کہ اگر میں نے تمھارے ساتھ پانچویں کا امتحان دیا ہوتا تو میں نمبروں میں تم سے ضرور جیت گیا ہوتا۔

ارے ایک بات یہ کہ یہاں کی بارشیں بڑی خراب ہوتی ہیں۔ ابھی دو تین مہینے پہلے جو زور کی بارش ہوئی تو بڑی پریشانی ہوئی...... گھروں میں، راستے میں، ہر جگہ پانی ہی پانی، کیچڑ ہی کیچڑ۔ بچاری اماں کہیں سے پلاسٹک کے چھوٹے بڑے ٹکڑے لے آئی تھیں، انھیں چڑھ چڑھ کے ساری چھت پر پھیلایا، تب ٹپکے سے کچھ جان بچی، مگر دور سے دیکھنے میں چھت بڑی رنگ برنگی لگنے لگی...... اور ہاں، اس میں میں نے اپنی ساری کتابیں کاپیاں بھیگنے سے بچالیں۔ اپنا بستہ ایک پلاسٹک کی تھالی کے نیچے چھپا دیا تھا...... ٹھیک ترکیب تھی نا!

جب اماں کہیں کام کرنے جاتی تھیں تو میں اور چنی گھر پر رہا کرتے تھے۔ مگر اب میں بھی سائیکل کی دکان پر جانے لگا ہوں۔ پہیوں میں ہوا بھرنا اور جگہ جگہ تیل ڈالنا تو آ گیا ہے۔ دکان والا کہہ رہا تھا کہ کچھ دن میں پنچر لگانا بھی سکھا دے گا۔ چنی بچاری کو اکیلے گھر میں بہت ڈر لگتا تھا۔ اب اماں اسے بھی ساتھ لے جاتی ہیں۔

اور ایک اچھی بات تو بتانا بھول ہی گیا اسلم بھائی!۔ ابھی کچھ دن سے یہاں ایک بہن جی اور اسلم بھائی آنے لگے ہیں۔ بچے انھیں انکل جی اور آنٹی جی بھی کہتے ہیں۔ مجھے یہ دونوں بہت اچھے لگتے ہیں۔ پہلے ان لوگوں نے ہمیں خوب گانے اور کہانیاں سنائیں، ہم نے بھی ان کے ساتھ خوب گایا، بجایا، کھیل کھیلے اور پھر ایک کھلی سی جگہ کی صفائی کر کے وہاں بیٹھنے کے لیے بڑے بڑے پتھر جما دیے ہیں۔ بڑا مزہ آتا ہے شام کو...... آنٹی جی کہہ رہی تھیں کہ بس بجلی آ جائے تو وہ شام کو ہمیں پڑھایا بھی کریں گی۔ میں نے اپنی کتابیں اور کاپیاں جب انھیں دکھائیں تو انھوں نے میری خوب پیٹھ ٹھوکی...... کہنے لگیں تم تو بہت صاف ستھرا لکھتے ہو...... روز کچھ نہ کچھ لکھا کرو...... وہ تو یہ بھی کہہ رہی تھیں کہ تھوڑی سی محنت کروا کے وہ سال ڈیڑھ سال میں مجھے آٹھویں کا امتحان دلوائیں گی...... پھر تو دیکھنا میں تم سے آگے نکل جاؤں گا۔

یہاں دن بھر سڑک پر طرح طرح کی موٹریں، موٹر سائکلیں اور بڑی بڑی گاڑیاں تیزی سے نہ جانے کہاں سے کہاں آتی جاتی رہتی ہیں۔ کچھ گاڑیاں تو ایسی خوبصورت ہوتی ہیں کہ جی چاہتا ہے بس انھیں دیکھے جاؤ۔ گاؤں میں تو بس چودھری صاحب کے پاس ایک ٹریکٹر اور اس کی ٹرالی اور ایک موٹر سائکل ہے...... ہاں ایک دو بار مجھے اماں کے ساتھ بس میں بیٹھنے کا بھی موقع

ملا۔ سچ مچ بڑا مزہ آیا۔ اتنی تیز چلتی ہے گاڑی کہ ہر بار لگتا تھا کہ اب کسی سے ٹکرائی..... مگر پھر بچ کر نکل جاتی تھی۔

یہاں دو ایک جھگیوں میں وہ ٹی وی بھی ہے جو ایک بار ہم نے چوپال پر دیکھا تھا، ۲۶ رجنوری کو۔ دو ایک بار میں اسے دیکھنے گیا تو اس میں طرح طرح کی رنگین تصویریں اور ناچ گانے بھی دیکھے اور سنے..... پھر نہ جانے کیوں اس میں لوگ لڑنے لگے، بڑی مار دھاڑ ہوئی، مجھے تو بہت ڈر لگا اس سے۔ اب اماں نے سختی سے منع کر دیا ہے کسی کے یہاں ٹی وی دیکھنے جانے کو۔

تو دیکھو اسلم بھیا!..... میں نے تو بہت سی باتیں بتادیں تمہیں دہلی کی۔ اب تم بھی مجھے بتاؤ گاؤں کی باتیں۔ ریاض، موہن، راموا اور بلو سب کیسے ہیں۔ کیا تم لوگ اب بھی پیپے پر نہانے جاتے ہو؟ کالو چاچا کی بغیا سے کے بار امرود چرائے؟ آم کی کیریاں اب کتنے دن بعد دکھائی دینے لگیں گی..... میرے منہ میں پانی آگیا..... مگر آنکھیں بھی گیلی ہو گئیں..... چلو چھوڑو۔

اچھا بھیا، اب سورج چھپے دیر ہو گئی ہے۔ باہر بھی اندھیرا ہو گیا ہے..... اماں آئیں گی تو چراغ جلائیں گی..... لو وہ ان کی آواز آرہی ہے.... ''راجو، راجو۔!''

تمہارا بھائی

راجو

☆☆☆

منتخب دلچسپ کہانیوں کا ایک اور مجموعہ

آخری چوری

مصنف : غلام حیدر

بین الاقوامی ایڈیشن جلد منظر عام پر آرہا ہے